2
JN035155
Author
シノノメ公爵
Illustration
伊藤宗一
この日、『偽りの勇者』である俺は
『真の勇者』である彼をパーティから追放した

アイリス
『聖女』のジョブを授かったエルフの少女。
アヤメを「わたしの勇者様」と慕い、彼の旅に同行する。
アヤメ（フォイル）
元『偽りの勇者』。正体を隠しながら、
自らの望みのままに影ながら人々を救う旅を始める。
ジャママ
〝金白狼〟（マーナガルム）の子供。
アイリスには懐いているが、
アヤメには何かと噛みつきがち。

スウェイ
魔王軍八戦将の一角。
火の大魔法使いの攻撃すらものともしない
強大な氷の魔法を自在に操り、
『氷霧』の異名をとる。
On This Da
Expelled the
om the Party.

「だから約束してください。
どうか、生きて帰ってきてください」
涙を堪えつつも、
アイリスちゃんは懸命に笑おうとしていた。
そして、彼女は小指を立てる。

この日、『偽りの勇者』である俺は『真の勇者』である彼をパーティから追放した2

シノノメ公爵

HJ文庫
1094

口絵・本文イラスト　伊藤宗一

2

On This Day, I, the 'False Hero', Expelled the 'True Hero', from the Party.

CONTENTS

「はぁ！」

〈ギッ⁉　ジイイ〉

節の隙間を狙って俺が振るった剣により、頭と胴体が二つに泣き別れになった巨大な百足は崩れ落ちた。これは〝巨殻百足〟という木と同じほど大きい巨大な魔虫だ。食性は肉食。その大きさで獲物に絡み、大きな毒牙を使って動きを封じて貪り食う。

身体が半分になって尚、蠢く頭に向かってトドメとして剣を突き刺す。

「た、助かったよ。もうダメだと思っていました」

馬車の後ろに隠れていた商人が護衛の一人を伴って話しかけてきた。

俺が〝巨殻百足〟を倒した理由、それは途中で襲われている馬車を発見したからだ。〝巨殻百足〟が巻き付いた馬車から遠のけ、すぐさま尾を切り飛ばした後、アイリスちゃんに負傷者を頼み、俺は〝巨殻百足〟と対峙した。

「助かったよ。俺ではあの化け物相手では最早どうしようもなくて、クラマーさんを連れて逃げるしかなかった。あんた達、それだけの腕を持ってことは冒険者か何かか？」

「冒険者？　いや、俺はただの旅人さ。それよりも災難だったね、〝巨殻百足〟に襲われるなんて」

「あぁ、全くですよ。普段ならこんなところに現れることはないんですが運が悪かったんですよ。はぁ、馬車も傷ついてしまった。馬に被害が出なかったのだけは不幸中の幸いか……」

　商人は心底嘆くように溜息を吐いた。

　すると戦闘が終わったのを見届けたのかアイリスちゃんがトコトコとジャママを抱えて寄ってくる。

「〝巨殻百足〟も通常なら今は寝ている時期のはずなので、恐らくお腹を空かした個体が、山中から降りて来てしまったのでしょうね」

「アイリスちゃん、そっちはどうだった？」

「牙に引っ掻かれた護衛の方なら、傷はもう大丈夫ですよ。ただ毒の方は町に行って治療しないと少し危ないかもしれません」

「十分だ。心から感謝する。仕事柄、仲間を失うことがあり得るとは言え、実際にそうなると辛い」

護衛の男性は深く頭を下げる。仲間を失う辛さは俺にもよくわかった。

商人は一歩前に出る。

「本当にありがとうございました。何かお礼をしたいのですが、望みはおありでしょうか？ある程度なら融通させていただきますよ」

「お礼なら、よければ馬車に乗せてくれないか？　ずっと歩いて来たんだけど、流石に少し疲れてね」

「それくらいで良いなら喜んで。ただ余りスペースがないので荷物と一緒になってしまうのですが」

「全然良いさ。こっちとしては座れるだけでありがたい」

オーロ村からずっと俺達は歩き続けた。

そもそもオーロ村は辺境とも言われるくらい果ての地なので馬も村長宅くらいにしかなく、借りることは出来なかったので歩きで進むしかなかったのだ。

許可を貰えた俺達は商人の馬車の中のスペースに座り込む。

「これで次の町まで楽が出来るね」

「歩くのも好きですけど常に警戒しつつは、流石に疲れますね。此処はまだ馬車が通れるくらいに比較的道が舗装されていますけど」

「う〜ん、次からは馬を借りた方が良いかもね。それか、ジャママが大きくなってあの親（おや）狼（おおかみ）くらいになれば、背中に乗せてもらえたりして、だいぶ楽になるとは思うんだけども」

〈ガァウッ！　ガァウガァウ〉

アイリスちゃんの膝（ひざ）に収まる〝金白狼（マーナガルム）〟の子狼、ジャママが吠（ほ）える。

「アヤメさんは乗せたくないって、言ってるのです」

「まぁ、そうだろうとは思ったけどね。残念だ」

魔獣（まじゅう）の背に乗って戦うのは何もおかしい話ではない。例えば『竜騎士（りゅうきし）』や『魔獣使い（まじゅうつかい）』の職業（ジョブ）を持つ者はその名の通りに竜（りゅう）と魔獣に跨（また）り、共に戦ったりする。

アイリスちゃんは『魔獣使い』ではないけれども、何も乗れないって訳ではない。何故（なぜ）ならそうなると『竜騎士』や『魔獣使い』以外に誰（だれ）も馬に乗れなくなってしまう。

勿論（もちろん）特有の技能（スキル）は使えないけれど、乗って移動する分には何の問題もないのだ。

ジャママが嫌（いや）がるのは俺が親の仇（かたき）であるからだろう。だからあっさりと諦（あきら）める。

〈クゥン……ガゥガゥッ！〉

そんな風に思っていると何やらジャママが馬車内をふんふんと嗅（か）ぎ回る。そして一吠（ほ）えする。見ればその先には植物が積まれていた。

「あれ、ジャママ？」

「どうしたんだい？　ジャママ、あんまり中を荒らしてはだめだよ」

俺もアイリスちゃんもそれを覗き見る。至って普通の植物に見えるが。

騒ぎに気付いたのか、商人が覗き込む。

「どうしました？」

「あのこれは売り物ですか？」

「あぁ、これはこの先にある男爵様宛の荷物ですね。あそこの貴族はやたらとこの植物にご執心でしてね。今回で三回目なんですよ。まぁ、こっちとしては代金が貰えるから悪くはないですけどね。それが何か？」

商人の言葉を聞きながら、アイリスちゃんはじっと積まれた植物を見ていた。どうしたのだろうか。気にはなったが俺が商人にお礼を言うと、商人は荷台から出て行く。

「それでアイリスちゃん、ジャママもだけどその植物がどうかしたのかい？」

「いえ、何でもないのです。ただの観賞用なら問題ないはずです。それよりもアヤメさん、ちょっと足を開いてくれませんか？」

「うん？　良いけど」

アイリスちゃんはジャママを抱えたまま、宿で髪を梳いてあげた時みたいに俺の膝の上に座って来た。

「え、なんで？」

「座り心地が悪いので、アヤメさんの上に座ってるんです」

「いや、うん。アイリスちゃんは痛くないかも知れないけど俺は馬車の振動で尻が痛いまなんだけど」

「良いじゃないですか。こんな可愛い子の椅子になれるんですから。それよりも、さっきがんばったからいい子いい子と褒めてほしいです」

アイリスちゃんは頭を俺の胸に押し付ける。こちらを見上げる翡翠の瞳は凄く綺麗だ。

「ま、良いか。アイリスちゃんには世話になってるしね」

「えへへ～」

アイリスちゃんの頭を撫でつつ俺は馬車の外の景色を見た。

馬が歩き始めて動く景色は楽しかったが、俺の尻はやっぱり痛かった。

◇

「それじゃ、本当にありがとう。もし何か入り用の物があったら是非ともこのアーノルド商会のクラマーにお申し付けください。出来うる限りのことはさせていただきます」

「あぁ、こちらこそ。ありがとう」

最後に握手を交わし、商人とは別れた。俺達は彼らを見送ると改めて町中を眺めた。

「さてと、やっと町に着いたね」

俺達は町に着いた。意外と早く着いたのは思ったよりも歩いてきたのと、やはり馬車の存在が大きい。

見渡す限り、多くの建物と人が行き交っている。

町ともなるとやはり活気も違う。この町名はフィオーレだが、クラマーさんによれば町の中でも田舎の方らしい。それでも前のオーロ村に比べたら雲泥の差がある。

先ずは道。オーロ村の時は、ほぼ全ての道が土丸出しだったが、ここはきちんと石畳などで舗装されている。それ以外にも町を囲うように柵が二重に立てられ、そして長い堀がある。防衛施設に関しては間違いなく、オーロ村よりも勝る。

「活気もあって良い所だ。とても魔王軍との戦争中とは思えない」

「ここは前線から離れていますから」

「そうだったね」

俺が思い浮かべたのは、とある場所だった。

魔王軍との最前線であるトワイライト平原、あそこでは常に魔物が国境を越えんと蔓延る。当然それを防ぐ為に太陽国ソレイユの兵士達もいる。

魔物が死ぬことから奴らの放つ魔瘴も酷く、常に『神官』達が浄化に努めていた。それでも尚、あの土地はひどい。だけど退くことは出来ない。

なぜならもしあそこを抜けられたら太陽国ソレイユはすぐそこだ。だからこそ、数多くの兵士があそこで戦い、散っていく。

俺は今尚魔王軍と戦っている兵士達がいることにいかんともし難い感情が湧いてきた。

俺はこんな風に平和に過ごしていて良いのだろうか、と。

「アヤメさん見てください！　あそこで焼き鳥が売ってますよ。あれ？　アヤメさん？」

「えっ、あ、うん、そうだね。良い匂いだ。お腹が空いてくるよ」

「そうですね。思えばそろそろお昼なのです」

「そうだったね。なら昼食を取るところを探すのも兼ねて散策しようか」

「はい！　ジャママも良い匂いの店があったら教えるのですよ」

〈カゥッ！〉

俺は頭を振る。アイリスちゃんに気取られ、心配させるわけにはいかない。気分を変える為に町へと意識を向ける。やがて露店のある場所へと近づくと途端に威勢の良い声が聞こえてくる。

「名物の白林檎はいかがかな⁉　甘みがギュッと詰まって美味しいよ！」

「さぁさぁご覧ください！　上質な魔石を嵌めて作ったこの短杖！　魔法使いであれば自らの魔法をより強めることが出来るよ！　今あるのだけで終わりだ。是非とも買っていってくれ！」

「新聞はいらないか～！」

「甘～い生地で出来たホットケーキはいかがかな？　安くしとくよ～」

何処も彼処も元気よく人が往来している。皆が皆希望に満ちた顔をして楽しそうにしていた。

「アヤメさん、すごいですね！　店が沢山ありますよ！」

「うん、そうだね」

アイリスちゃんは楽しそうに周りを見回す。その姿を見るだけで俺も自然と楽しい気持ちになった。

ふと思った。こんな風に観光みたいに町を見たのはいつ以来だろうか？

記憶を探るも思い出せない。

脳裏に浮かぶのは瓦礫の都市、悲嘆に暮れる人々、そして正体が明らかになった時の俺を罵る民達の姿。そんな光景だった。今の光景とは似ても似つかない。

そう思うと、何故か俺は心臓がひどく痛んできた。

わからない。いや、本当は分かっている。怖いんだ、俺は。人の視線が。村の時は人数が多くなかったから何とも思わなかった。

　正体がバレた時、瞳の色が変わったあの時。あれがまた起こるんじゃないかと思うと、酷く怖い。俺はスッと顔を伏せる。こうすれば少しでも誤魔化せると思って。

　そんな時、隣からくぅ～とお腹の鳴る音が聞こえた。

「あ」

「ははっ、どうやらお腹が空いたみたいだね。俺もだよ。丁度良い、あそこのクレープ屋で小腹を満たそうか。アイリスちゃんは此処で座って待っていて。買ってくるよ。何か、好きな味はあるかい？」

「なら蜜柑がよいのです！　ジャママもそれで良いですか？」

〈ガウッ〉

「良いそうです。アヤメさん、お願いできます？」

「わかった」

　俺はクレープ屋へと歩き、列へと並ぶ。列は意外と直ぐに捌けて、俺の番になった。

「いらっしゃい、ウチのクレープはどれも美味しいよ。中でも苺を中にいれた奴は苺の甘さとクリームが合わさって蕩けるような味になるし、それを包む生地がまた優しいんだ」

「そうなんだ。ならそれと蜜柑の入った奴を貰えるかな？」

「はいよっ、二つならこの値段だな」

「なるほど。意外と高いね」

「まぁ、クリームも新鮮な果実も沢山使ってるからな。その分味は保証するよ？」

「確かにそうだ。これで足りるかい？」

金は『疾爪』のオニュクスを撃退した時に〝金白狼〟の討伐分も含めて村の村長から貰えたものがある。だからこの程度の支出は何の痛手にもならない。

「毎度！　ほれ、ご注文の品だ」

暫くして俺はクレープを受け取る。

生地に対してクリームと果実が多い。溢さないよう注意しないとな。

確かに見た感じとても美味しそうだ。早くアイリスちゃんに持って行ってあげよう。

そんな風に考えながら戻ると何やらアイリスちゃんがいたところに人集りと揉めるような声が聞こえる。

「ちょっとすみません」

俺は謝りながら人の群れを抜ける。

見るとやはりと言うべきかアイリスちゃんに、やたらと豪華な服を着た男性が複数の護衛を背後に話しかけていた。

「だから私の下に来るのがお前にとっての幸せに繋がるのだ。なぜそれがわからん？」

「何度聞いてもお断りなのです。それよりもわたしは人を待ってるので早く何処かに行ってください。人が集まってこれじゃアヤメさんが戻ってくるのに邪魔になるじゃないですか」

「この、言わせておけば」

〈ガルル！〉

「なんだ、獣風情が無礼だぞ！」

ジャママが男性に向けて威嚇する。

すると男性の護衛の方も剣の柄に手を当てた。それを見た俺は、これはマズイと思って二人の間に割り込む。

「失礼します」

「何だ、貴様は。仮面をつけて怪しい奴であるな」

「ええ、私の名はアヤメと申します。その身のこなしと作法、さぞ名の知れたお方だと思いますが不躾ながら私は名を存じ上げません。お教えいただけないでしょうか」

俺は丁寧な言葉と態度で話しかける。

　勇者として王族や貴族とは会うことがあった。だから礼儀作法もそれなりに身についている。本職の執事やメイドには劣るだろうが最低限の礼儀としては十分及第点だ。

　男性は横から入られたことに不愉快げにしていたが、俺の言葉に少しだけ機嫌良さそうに鼻を鳴らす。

「ふん、私の名を知らないとはな。私はディアス・アル・ディーターである。誇り高いディーター男爵家の当主であり、ここら一帯の平民を我が地に住まわせてやっている」

「つまり、この地一帯を統治する領主様であると。そのような方とお会いできて光栄です。ところで、そのお方が何の用なのでしょうか？」

「ふん、この娘が不遜にも私の誘いを断ったのだ。これから先の人生を面倒見てやるというのに。この上ない光栄であろう？」

「わたし別に嬉しくもなんともないんですが」

　アイリスちゃんがボソリと呟く。

　なるほど、読めてきた。

　確かにアイリスちゃんは綺麗だ。だけど成人男性が幼い見た目の彼女に対して、こんな白昼堂々と娶るとか宣言するとか。いや、俺も昔パーティでよく貴族に娘を嫁にどうかと紹介されたな。

とりあえず、この話を受けるという選択肢はない。

「男爵様に見初められるなど、身に余る光栄であります。しかし、それは謹んでお断りさせていただきます」

「なに!?　貴様男爵家の当主の私の誘いを断るのか!?」

「私は今この子の保護者としてエルフの里の者と約束事を交わしておりまして、とある目的地まで送り届ける予定なのです。下手に手を出してエルフからの報復を考えないほど、男爵様は愚かではないでしょう？　爵位を持つ程の御方なのですから何とぞ、冷静な判断をお願いいたします」

「むぅ！」

エルフの里の話は嘘だが、アイリスちゃんを守るつもりなのは本当だ。俺の言葉にディアスが唸る。

「ディアス様。残念ですがここは引いた方が宜しいかと。エルフから何かしら反応があった際には我々の手には余ります」

「分かっておるわ！」

御付きの人の言葉にディアスは怒鳴りながらも納得してくれている。

これなら穏便に諦めてくれるだろう。

「要は無理矢理でなければ良いのだろう。そこの娘、改めて言おう、私の側室となれ」

全然諦めてなかった。

そんな堂々と妾にとか、いくらなんでも女性を口説くにしては乱暴すぎるだろう。

どうする。断るのは当たり前だが、断り方というものがある。ここは穏便に、相手を刺激しないように。

「いやです。絶対にいやです」

なんでアイリスちゃん、二回も言っちゃうかな。ほら、目の前のディアス男爵がピクピクとこめかみを震わせている。

「こ、この！」

「ディアス様！　エルフとの間に禍根を残せば最悪家の取り潰しの可能性もあります！　それにディアス様が望む女性は別にいるではありませんか。此処は潔く引くのが貴族たる者の優雅さです」

「ぐ、ぐぬっ、わかった」

「はっ、寛大なお心に感謝します」

俺はこれ幸いと頭を下げておく。

「ふんっ、平民め」

ぺっと仮面の無い方の顔へ唾を吐きかけてディアスは去っていった。

彼らの乗る馬車が見えなくなるまで俺は頭を下げ続けていた。

「やれやれ、やっと行ったか。大丈夫だったかい、アイリスちゃん、ジャママ」

「アヤメさん！　なんであんな奴に下手にでる必要があるのですか⁉　アヤメさんなら戦っても負けないのに」

「いいかい、アイリスちゃん。力を持つというのは簡単に人を害することが出来るということだ。だからこそ、力を自制する必要がある。枷の外れた力はただの暴力だ。それでは魔王軍と違わない」

力があるから、好き勝手にして良いという理屈にはならない。力があるからこそ、気を遣うのだ。

「でも、向こうが勝手に理不尽なことを言ってきたのにそれを黙っているだなんて」

「確かに身勝手なことを甘んじて受けるのは間違いかもしれない。でも、力で物事を解決するのもまた正解とは言えないんだ」

力で全てを解決するのならば世の中はもっと単純だっただろう。それこそ魔獣の世界みたいに。

「とは言え力でしか対抗出来ないことは確かにある。もし向こうが実力行使で来たんなら君のことは全力で守る。約束しよう。だからアイリスちゃんも出来うる限り堪えてくれないか？」

「っ！　そ、そういうことなら仕方ないです。ええ、寛大な心で許しましょう。けど、その前にちょっと屈んでください。顔についた汚れをとってあげます」

アイリスちゃんは拭いたハンカチを汚いとでも言いたげにぽいっと近くのゴミ捨て場に捨てた。まぁ、他人の唾液なんて実際汚いんだろうけどさ。そこにはアイリスちゃんのディアスへの嫌悪感がありありと見て取れる。

〈ガァウ〉

「ジャママも、わたしを守ろうとしてくれてありがとうございます。お礼に頭をよしよししてあげるです」

〈ガァウ！　クゥ〜ン〉

よしよしと頭を撫でる。ジャママは嬉しそうにしっぽを振る。

「確かにそうだね。俺も褒めてあげ――」

〈ガァウ！〉

俺に撫でられるのは嫌か、そうですか。へこむなぁ。おっといけない、忘れていた。

「それよりもほら、クレープだ。ちょっとクリームが溶けちゃったけど」

「この程度なら問題ないです。ありがとうございます」

気分直しに噴水の前の椅子に座る。

アイリスちゃんはクレープを受け取り、口を開けて果実と一緒に食べる。と、アイリスちゃんが翡翠色の瞳をキラキラと光らせた。

「これすっごく美味しいです！」

「本当だ。生地もしっとりしていて、それでいてクリームも滑らかだ。流石銅貨三十枚しただけはあるね」

「えっ、そんなの飲食店で普通に食事出来るくらいの値段じゃないですか。でも、これだけの味なら確かに納得出来ます」

〈ガゥガゥ〉

「あ、ジャママも欲しいですか？　はいどうぞ」

アイリスちゃんは指にクリームをつけてジャママにもあげていた。

「狼に甘いものって大丈夫なのかな？」

「沢山与えなければ大丈夫です。それにジャママも美味しいものは食べたいですよね？」

〈ガゥッ〉

「それもそうだね。さて、さっきのことは忘れて町を散策しよう」

「そうですね！　まだ宿も決まっていませんし」

アイリスちゃんも機嫌が直ってきた。よかったよかった。

そうだ、このままさっきのことは忘れて町を散策しよう。そんな風に、思っていたんだけどなぁ。

「おらぁ！　調子に乗るな！」

「かはっ」

通った路地の裏で一人の男性が複数の男に囲まれて殴(なぐ)られていた。

どうやらまた厄介(やっかい)ごとの気配がする。どうしてこう、立て続けに物事が起きるのかな。

だが俺は『救世主(ヒーロー)』なんだ。理不尽に人が傷つけられるのは見過ごせない。

「アイリスちゃん、俺の側(そば)から離れないでくれ」

「はい！　一生離れません！」

「いや、そこまではしなくて良いけど」

さっきはアイリスちゃんを一人にしちゃったから変な奴が話しかけて来た。なら多少危険だけどアイリスちゃんには側にいてもらおう。返答が何か重いけども。

むぅ、とアイリスちゃんがむくれるも、今は目の前のことの方が大事だ。

「一人の男に寄って集って、乱暴とは穏(おだ)やかじゃないな」

「あぁ？　なんだ、お前？」

「通りすがりの『救世主(ヒーロー)』だ」

男達は変な奴を見る目でこっちを見る。ま、それもわからないでもないけども。

「なんでそこの男性に暴力を振るう？　見た感じ彼が何かした感じではないのだろう。八つ当たりだったら恥(はじ)を知った方が良い」

「テメェッ。はんっ。これを見て分からねぇか？　さっさとこの場から消えな。ガキが首突っ込むんじゃねぇよ」

「これでももう二十歳(はたち)なんだけどね。ん？」

茶髪(ちゃぱつ)の男が、これ見よがしにナイフを向け得意げな顔をする。周りの男達もにやにやと嘲笑(あざわら)うように見ている。あぁ、そういうことか。

「言っておくが俺に脅(おど)しはきかない。それに町で得物を抜くということは、勿論自分もそれを向けられても仕方ないと理解しているんだよね？」

八戦将(はっせんしょう)や魔獣に比べれば目の前の男達の殺意など赤子に等しい。潜(くぐ)ってきた修羅場(しゅらば)の数が違うと断言出来る。

戦場を渡(わた)り歩いてきた俺と町で生きるだけの男がどうして同列で語れるものか。

だが逆上されても厄介だ。だから少しばかり本気で威圧(いあつ)する。案の定、男達は顔色を悪くした。

「く、くそっ！　調子に乗るな！」

「ふっ」

「あがっ！」

　茶髪の男がナイフを振るう。それを軽く躱し、手首をひねり、ナイフを落とした瞬間に顎に向けて掌底を入れる。茶髪の男は仰向けに気絶した。

「なっ、嘘だろ!?」

「引いてくれないか？　これ以上は無益だ」

　あくまで穏便に告げると、男達は慌てて逃げ出そうとした。っておいおい仲間は放置か。

「ちゃんと連れて行ってあげなよ、仲間だろ？」

「ひぃっ！　は、早く退くぞ！」

　怯えながら男達は茶髪の男の足を持って運ぶ。

　いや雑。頭ゴリゴリいってるよ。あれは禿げるだろうなぁ。

「情けないです。立派なのは体格だけですか」

「まぁ、幾ら身体を鍛えても死ぬ時は死ぬからね。死の恐怖を感じることではないよ。生物の生存本能だから。それよりも大丈夫かい？」

「うっ、ごほごほっ。し、しまった花がっ」

起き上がった暴行されていた眼鏡の男性はこちらには目もくれずに何かをかき集めている。後ろからそれを覗き見てみる。彼が集めているのは花弁か？

「あぁ、なんてことだ。花が」

眼鏡の男の人は、暴漢達に踏み躙られた花束を見て嘆く。そしてすぐにハッとしてこちらに頭を下げて来た。

「す、すまない。助けてもらったのにお礼もまだだったね。僕はロメオ・モギュー。ロメオと呼んでおくれよ。この町で花屋を営んでいるんだ」

「俺はアヤメ。こっちはエルフのアイリスちゃんに、〝金白狼〟の子供ジャママだ」

「よろしくです！」

〈カァウッ！〉

「うわっ、エルフ⁉　それに、お、狼⁉」

ロメオという男性は見るからに平凡と言って良い男だった。そして普通の人であった。

現に子狼とはいえジャママを見て驚いている。

「大丈夫です。ジャママは無闇矢鱈に噛み付いたりしません。するとしたらアヤメさんにだけです」

「俺は噛まれたくないんだけど。それより傷は大丈夫かい？」

「あぁ、一発殴られただけだよ」

「それなら大丈夫そうですね。でも一応後でガーゼは貼ってあげます。それでロメオさん、何であの暴漢達に襲われていたんですか？」

「それが分からないんだ。町を歩いていたら突然因縁をつけられて。別にぶつかったとかもないんだけど、肩を掴まれて路地裏に連れ込まれて、後は暴力さ。アヤメさんが直ぐに助けてくれたから大丈夫だったけど、もし誰も来なかったらと思うとぞっとする」

つまりは向こうが勝手に因縁をつけてきてロメオに暴力を振るったということか。金の要求とかされた様子がないからカツアゲって訳でもなさそうだし、本当にただ因縁をつけられたってだけかな。

思ったよりこの町の治安は悪いのかもしれない。あの兵士とかを見てると気の好い人の方が多そうなんだけどな。

「そうだ、良かったらお礼をしたい。僕の家に来てくれないか？」

ロメオはそう提案した。

◇

ロメオの家は町の外縁部にあった。

花屋は町の中にあるが、そこで売る花をここで育てているらしい。

「ここが僕の家だ。少しばかり古いけど良い所だよ」

二階建ての至って普通の家。特筆すべきは、周囲に咲き誇る花の多さだろう。大小色合い様々な花が、彼の庭には色とりどりに咲いていた。

「この花が店で売ってるっていうやつかい？」

「うん、そうだよ。僕の祖母からずっと続いているんだ」

「素晴らしいですね。どれもこれも生き生きとしています。これだけ生命力に溢れた花が森じゃなく町に咲いてるのは珍しいです」

興味深そうに花を見るアイリスちゃん。

「アイリスちゃん、そんなことまでわかるのかい？」

「分かりますよ、わたしはエルフですから。貴方が愛情を持って花を育てているのは見ればわかります。こんにちは。……今日もいい天気ですね」

〈カウッ〉

アイリスちゃんが慈愛に満ちた目で花にそっと触れる。そして花に挨拶をしていた。ジャママも良い匂いにご機嫌で尻尾を振っている。

その様子は俺にはまるで一枚の絵画のように見えるほどの光景だった。

「そうか。『自然の調停者』として名高いエルフにそんなことを言ってもらえるなんて僕も嬉しいよ」

「そうですよ、誇って良いくらいです。それよりやけにベゴニアの花が多いのは貴方の好みなんですか？」

「えっ、そ、そうだね」

「なんだい、何か理由がありそうだね。是非とも教えてくれないか？」

軽く小突きながら笑うとロメオはデレデレとした顔で語り始める。

「えっとだね、この町に住むジュリエさんっていう女性の方が居てね。あの、その人は貴族なんだけどすごく親切でお淑やかで、見ていて凄く綺麗で優しそうな人だなって思って。前に仕事で花を届けた時に話したんだけど、本当にイメージ通りの人だったんだ。それで、その、その時にベゴニアが好きだって聞いてそれで」

「なるほど、それで彼女にベゴニアの花をあげたくて育てているって訳なんですね。花言葉も素敵なお花ですし、優しいんですね」

「ひぃ〜、は、恥ずかしい〜！」

ロメオくんは顔を覆って蹲る。どうやらロメオくんはジュリエという方に片想いしているらしい。

初めに聞いたのは俺だけど途中から自分で語っていたな。アイリスちゃんもそう思っていたのか俺と目が合うと一緒に笑ってしまった。

「はい、これで大丈夫ですよ」

「あぁ、ありがとう」

先ずアイリスちゃんが、ロメオくんの殴られた箇所へ塗り薬とガーゼを貼っていた。『聖女』の力を抜きにしてもアイリスちゃんの治療技術は頭一つ抜けている。薬も自ら作ったものだが、俺が店で見る回復薬とかよりも効能が高く感じた。

「これなら翌日には、確実に跡すら残らずに腫れも引くと思います」

「そうか。本当にありがとう。助かったよ」

「あの暴漢達が技能は使わなかったのが不幸中の幸いですね。そうじゃなきゃ、この程度で済むとは思えないのです」

「あぁ、それなら簡単な話だよ、アイリスちゃん。技能は『兵士』や『騎士』といった治安維持部隊以外が町で使うと通常よりも罪が重くなるからね。魔獣や魔物が出てきた際はその限りではないけど」

技能は、勿論殺傷性のないものもあるが中には『魔法使い』の火魔法のように危ないものもある。もし町中で喧嘩が起き、双方が技能を使いあって喧嘩すればその被害は当事者だけでなく、他者にも及びうる。だからこそ、町の中での技能の使用は重罪なのだ。

「なるほど。でもならず者にはそんなの関係ないと言わんばかりに使う人もいそうですね」

「そうだね。世の中善人ばかりじゃないから。僕も身に染みてわかったよ。君もなるべく一人でウロつかない方が良いよ」

「大丈夫です！　わたしにはアヤメさんがいますから！」

「頼りにしてくれるのは嬉しいけど、アイリスちゃんも危険に飛び込んでしまったり、不必要に相手を煽ったりはしちゃダメだよ？」

「えぇ～」

　不満そうにするアイリスちゃん。

　念を押すと「わかりました」とちょっと不満そうにしながらも頷いてくれた。

「二人は仲が良いんだね」

「そうです！　わたしとアヤメさんは、それはもう深い仲なんです！　切っても切れないくらいに運命の糸が絡みに絡み合っていて……！」

「うん。深い仲なのは認めるけど、その言い方は誤解を招きそうだからちょっと落ち着こうか？」

「あははっ。本当に仲がいいね。そうだ、治療してくれた御礼をしないとね」

ロメオくんは立ち上がり、一度家から出た後幾つかの花を抱えて戻ってきた。

「【作成】、あとここに【固定】をして形が崩れないように」

彼は作業台に座り、花の棘を切ったり、形を整えたりする。その動きはとても手馴れていて、思わず感嘆するほどだった。アイリスちゃんもわぁ～っと興味深そうに見ている。

ロメオくんは最後に花袋に花を包み込んで、花袋に巻いたテープを切る。

「うん。これで良いかな。はい、どうぞ。これは僕からのお礼だよ」

「わぁ、ありがとうございます！」

嬉しそうに花束を抱き抱えるアイリスちゃんを見ていると俺も嬉しくなる。改めて礼を言うとロメオくんは「本当に気にしなくて良いよ」と照れながら手を振る。

「凄かった。素晴らしい花束があっという間に出来るからビックリしたよ」

「これが僕の仕事だからね。やっぱりこうして花束を作ってお客さんに渡すと喜んでくれるからやりがいを感じるんだ」

ロメオくんは自らの仕事に誇りを持っているようだった。

「すごいですね、ロメオさん。貴方が育ててくれたお花は愛情があってとっても住み心地が良いって木霊も言っています」

「あはは、そう言ってもらえると嬉しい……え、木霊っているの？」

「はい！　って言っても、この子はまだ小さいので人の目で見ることは出来ないんですけどね。こんにちは。あなたも、この花が好きなんですね？」

慈しむような表情で花びらを撫で、何かに語りかけるアイリスちゃん。

木霊、確か樹木や植物に宿る精霊だったか。その力の凄さも、『疾爪』のオニュクスの時に見たから知っている。それがロメオくんの作った花束にいるという。

俺にも見えないが、エルフであるアイリスちゃんには木霊の存在が確かに見えているのだろう。ジャママもわからなそうだが、ふんふんと花の匂いを嗅いでいた。

ふと時計を見たロメオくんが「あっ！」と立ち上がる。

「いけないっ、ジュリエさんに花を届ける約束の時間が迫って来ている！　直ぐに頼まれた品を届けにいかないと。あぁ、でも本当はさっき潰されたのが一番の出来だったけど」

ロメオくんは残念そうに目を伏せる。

彼の手には暴漢によってぐちゃぐちゃに潰された花束の残骸があった。その様子を見た俺とアイリスちゃんが顔を見合わせる。……うん、そうだな。

「付いて行ってあげるよ、またあんなことがないとは限らないからさ」

「え？　そんな、悪いよ」

「花束の作り方を見せてくれた礼さ。それに君がご執心のその女性に興味も湧いた」

勿論（もちろん）それは建前だ。本命は言った通り彼の身に危険が迫った時に守れるように側にいるためだ。本当に只（ただ）の因縁なら良いけど、もし奴らに他の理由があった場合またロメオくんに危害が及ぶのを防ごうと思っている。彼にもそんな思惑（おもわく）が伝わったのだろう。頭を下げる。

「わかった。本当にありがとう。今すぐ花束を作るから待っていてくれますか？」

「あぁ、わかったよ。……ん？」

ぞくっ。何だか背後から冷たい空気が。

まさかと思って冷（ひ）や汗（あせ）を流しながら後ろを振り返ると先程（さきほど）とは打って変わってじっとこちらを見つめているアイリスちゃんの姿が。

「アヤメさん？　会ったこともない女性に興味が湧くとはどういうことですか？」

「はっ！　待つんだアイリスちゃん、興味が湧いたといってもそれはあくまで好奇心（こうきしん）であり、決して恋愛（れんあい）的な意味ではなくてだね」

「うぅ～！　わたしの方がもっとアヤメさんを見ているのに！　アヤメさんの浮気者（うわきもの）ー！」

「へぐぁ」

アイリスちゃんの頭突（ずつ）きが俺のみぞおちに入った。

確かにアイリスちゃんの身長じゃ、メイちゃんみたいに叩くことは出来ないけどこれはこれで痛い。暫く蹲った俺は、アイリスちゃんの誤解を解くのに頑張ったのであった。

◇

ジュリエという女性の家はロメオくんの家とは反対側にあった。少し町から離れた所。周囲にはあまり建物もなく、屋敷というには小さく別荘と呼んだ方がふさわしいような家にジュリエという女性は住んでいるらしい。

「ジュリエさ～ん！　花屋のロメオです。注文の花をお届けに参りました～！」

「直接呼びかけるのかい？」

「あぁ、ジュリエさんの家には門番が居ないんだ。だけど僕が勝手に不法侵入するわけにもいかないから、こうして呼びかけてくれってジュリエさん本人が」

「なるほどね」

話していると建物の扉からではなく庭園の一角から一人の女性が現れた。

「あら、ロメオくん。今日は少し遅かったのね」

「ジュリエさん！　ご、ごめんなさい。ちょっと色々ありまして」

「もう、ジュリエで良いって言っているのに」

捨てなど！」

「い、い、いえ！　貴族であるジュリエさんをさん付けで呼ぶだけでも恐れ多いのに呼び

ロメオくんと話す女性はクスクスと口に手を当てて笑っている。

色素の薄い肌に白の髪色。何というか雰囲気が儚いっていう感じの女性だ。

「綺麗ですけど何だか生気が薄いです。里にいた老体になったエルフに似ています」

「こらこらアイリスちゃん失礼だよ」

確かに存在感が希薄という点では近しいものがあるかもしれないが、流石にその言い方は失礼だ。だが目の前のジュリエさんは気分を害した様子はなく、クスクスと微笑ましそうに笑っていた。

「あらあら、可愛らしい娘。初めまして、わたくしはジュリエと申します。その耳、もしかしてエルフかしら？」

「そうなのです！　この子はジャママで、此方にいるかっこいい人はアヤメさんです！」

〈カゥ！〉

「そうなの。素敵なボーイフレンドね」

「ア、アヤメさんはあげませんよ！」

「あげないって、物か何かかい、俺は？」

だが悪い人じゃなさそうだ。仮面を被っている俺に対してもよろしくね、と軽く微笑んでくれている。

「可愛らしいワンちゃんね。撫でてもよいかしら？」

〈カウ〉

「ありがとう。ふふっ、賢くて可愛いわね」

ジュリエさんはジャママに怯えることなく撫でる。犬ってか、狼なんだけど。結構肝の据わった女性なのかもしれない。

ていうか、俺も撫でられてないのにこんなにジャママがあっさり撫でさせているのを見ると、なんというかちょっとショックだな。そんな中、ロメオくんが声を掛ける。

「あの、ジュリエさん。花のことなんですが」

「ごめんなさいね、ロメオくん。それで頼んでいたお花を見せてもらえるかしら？　わたくし楽しみにしていましたの」

「は、はい！　どうぞ」

「ありがとう。あら、もしかしてこの花？」

「あ、はい！　ジュリエさんの話を聞いて、ベゴニアの花を取り寄せたんです。それで、その、綺麗に咲かせることが出来たので是非ともジュリエさんにと。迷惑かなとは思いましたけど」

「いいえ。ふふっ、ありがとう。わたくしこの花好きなのよ。嬉しいわ」

ジュリエさんはやんわりと微笑んだ。それをぽーっとした顔でロメオくんが見ている。

「青春だね」

「甘酸っぱいです。わたしもあんな風に」

それを微笑ましく見ていた俺達だけど、ふとジュリエさんはロメオくんの顔のガーゼに気付いた。

「ロメオくん、その顔のガーゼはどうしたの？」

「え、あぁ。ここに来る前にちょっと襲われまして」

「えっ！　だ、大丈夫なの？」

「はい。ここにいるアヤメさんとアイリスさんに助けてもらったから」

「そうなら良かった。ありがとう、アヤメさん。ロメオくんを助けてくれて。彼は、大切な友達だもの」

「と、友達。友達かぁ、うん」

ロメオくんは友達という部分に落ち込んでいるが、ジュリエさんはそんなロメオくんを見てこれまたクスクスと楽しそうに笑っていた。だけどその目には何処か強い想いが感じ取れた。

おや、これはもしかすると脈がありそうだな。

「もしよければ少しお茶しないかしら？　花を届けてくれたお礼がしたいわ。貴方達も是非来てほしいの。ロメオくんを助けてくれたお礼もしたいですし」

「へぁっ!?　そ、そんな僕なんかが恐れ多いといいますか、なんといいますか」

「焦れったいです。女性の好意は素直に受け取るべきですよ」

「そうだよ。せっかく誘ってくれたんだからさ」

俺とアイリスちゃんが援護する。

「あ、あぁ。そ、そういうことなら。その、不束者ですがよろしくお願いいたします」

「ふふふっ、どうしたのそんな畏まっちゃって。本当ロメオくんは面白いわ」

ジュリエさんは楽しそうに笑いながらも「遠慮しないで」と自身の庭園に案内する。

庭園は素人の俺でもわかるほど立派だった。

案内された俺達が座った丸型のテーブル、その上にこの庭園には似つかわしくない、謂わば派手な赤いバラが花瓶に飾られていた。

ジュリエさんの趣味だろうか。だがロメオくんには何か心当たりがあるようであった。

「あれ、この花」

「ええ、また男爵の使いが持って来たの。今月で三度目ね」

「男爵？　それってあの鼻持ちならない、自分は偉いぞオーラを丸出しにしているみたいな奴のことですか？」

「あら貴女、彼に会ったの？」

「妾になれと言われました」

「それは大丈夫だったの？」

「はい！　アヤメさんとジャママが守ってくれました」

その言葉にジュリエさんは心底安堵したように息を吐く。

「そうなの。良かったわ。彼には困っているのよ。今回この花を頂いた時にわたくしに婚約を迫りましたから」

「えっ!?　そ、それをジュリエさんは受けたんですか!?」

ロメオくんが慌てる。淡い片想いをしている彼にとっては聞き捨てならない事態だろう。

「なぁに、ロメオくんたら慌てて。大丈夫よ。わたくしはこの求婚を受ける気はないわ」

「えっ、あ。そうですかよかった。でも、それなら何故花を？」

「どれだけ相手が嫌いでも、贈られたものに罪はないの。粗末に扱えばそれこそわたくしも良くない人になってしまうわ。花に罪はありません。それに彼が求めているのはわたくしではありませんから」

「自分ではない？　あの、どういうことですか？」

アイリスちゃんはよく分からなそうな顔をする。俺も似たような顔だろう。

「彼はわたくしに婚約を申し込んだ時にこう言ったのです。『貴様の持つ職業と知識を俺に渡せ。そうすればピュレット家も再興出来る』からって」

「失礼だけど、貴女の職業は？」

「わたくしの職業は『薬剤師』。といってもそれ自体は珍しくはありません。ピュレット家は代々『薬剤師』を排出する家系で色んな植物の薬の作り方にほんの少しだけ長けているだけなのに。わたくしは別に家の再興には興味ないわ。こうやって、日がな一日緩やかに過ごして行きたいの。でも、彼からすればそんなの貴族の生活ではないのでしょうね」

なるほど、確かに側から見れば没落した貴族の娘を救おうとしているという、吟遊詩人が好きそうな話だ。

でもなぁ、あの男はアイリスちゃんを妾にとか言い出した男だ。正直あまり立派な奴とは思えない。何かしら裏があるとしか考えられない俺は少しばかり考え方が捻くれているのかもしれない。

でも、そう考えるのには理由がある。それは、ディアスの言葉だ。職業もだが、ピュレット家の知識ってなんだ？

そんな全員の気持ちが伝わったのだろう。ジュリエさんは口を開く。

「彼がわたくしを求める理由はわかっています。彼は我が家に伝わる秘薬を求めているのでしょう」

「秘薬？」

ええ、と頷くジュリエさん。

「先に言っておきますけどそれがどういうものなのかわたくしは知りません。彼は信じませんけれども。でもそれがどんな効果をもたらすのかは知っています。確かあらゆる病を治せる秘薬であると」

「あらゆる病を⁉」

思わず驚く。そんなのまるで『聖女』の力のようではないか。

「まぁ、そんなことはなかったのだけど」

「は、え？」

「理由はわかりません。ですが、それが何かいけないものだったのでしょう。国によってわたくしの家族は皆捕らえられました。わたくしのお祖父様は死罪。お父様とお母様も爵位を剥奪の上国外追放となりました。当時まだ幼かったわたくしは無罪となりましたがピユレット家は没落。もはや名だけの存在です。栄光などありません。わたくしが住むこの家も、屋敷とは言いますが、元は別邸で、ここだけがわたくしに残された財産です」

　その言葉に俺は納得した。

　ジュリエさんの家は確かに大きいが、貴族が住むというには些か小さ過ぎる。その理由がこれだったのだ。

「わたくしはもうお家の栄光なんてどうでも良いわ。癒しの秘薬もどうでもいい、そのせいで家族を失ってしまいました。こうして、穏やかに過ごしたいだけなの。貴族の生活は、わたくしには窮屈すぎるわ」

　愛おしそうに、そして慈しむようにロメオくんからの花束を見るジュリエさん。

　窮屈、か。俺もよく貴族との会話やパーティに参加していたからその言葉に少しだけ俺は共感を抱いた。

「ごめんなさい、愚痴みたくなっちゃって」

「い、いえっ。僕はそんなに気にしていません。それに、その。ジュリエさんのことをもっと良く知れて良かったと思っています」

「そう？　それならよかった」

　ロメオくんとジュリエさんはその後仲良く話す。

ふと俺はさっきから黙っているアイリスちゃんに目を向けた。彼女は何やら考えている様子だった。

「アイリスちゃん？」

「は、はい！　なんでしょう？」

「どうしたんだい？　黙っちゃって」

「いえ」

珍しく歯切れの悪い様子のアイリスちゃんに首を傾げる。

何か気になることがあったのだろうか。

するとアイリスちゃんは話している二人を見た後、俺を手招きし、顔を寄せてきた。

「ジュリエさんの話を聞いて、気になる部分があったんです。男爵、つまりあの生意気貴族と商人のクラマーさんが届けていた植物。そして病気を治す癒しの秘薬。それについて」

「何か知っているのかい？」

「はい。ただ、そのわたしの知る限り確かに一時的には効果はあるのですが、それは病気を治す秘薬ではなくて別の」

「二人ともどうしたのかしら？　仲良く顔を近づけて」

ジュリエさんがこっちを見る。アイリスちゃんは顔を赤くして離れる。

「な、なんでもないです！」

「そう？　そうだ、聞いてみたいことがあったんだわ。ねぇ、アイリスちゃん、貴女から見て彼の仕事はどう思うかしら？」

「凄く丁寧です。ロメオさんが育てた花は全部輝いて見えて、正直わたしの里以外でこれほど花に対して愛情を注ぐ人も、仕事に対して真摯な人も初めて見ました」

「そうよね！　わたくしもそう思うわ。そうだわ、ロメオくん。今度わたくし新しい花をこの庭園に植えようと思っているんだけども、良かったら色々教えてくれないかしら？」

「えっ、あ。ぼ、ぼぼぼ、僕で良ければ！」

「ふふっ、ありがとう。よろしくね」

ロメオくんは顔を真っ赤にしながら頷いた。彼にとってこれほど嬉しいことはないだろう。

「アヤメさん、また後で話します」

「うん、わかった」

俺達は純粋にこのお茶会を楽しむことにしたのだった。

そんな楽しい時間はあっという間に過ぎ、夕方。俺達はお暇することにした。

「では、僕達は帰ります」

「ええ。アヤメさん達もありがとう。今日は本当に楽しかったわ。またこの町から出る時は教えてくださいね」

「わかりました。本日はありがとうございました」

「わたしも楽しかったです。またお話出来たらと思います」

「ええ、そうね。わたくしもそう願っていますわ。ワンちゃんも、またね」

〈ガウッ！〉

最後に建物から出て行く時、ジュリエさんとアイリスちゃんの二人はすっかり仲良くなったのだった。

町を出るのはまだ先だけど、また此処に来よう。ロメオくんも一緒に三人と一頭で。俺はそう思った。

◇◇◇

「これはディアス様に報告する必要がありますな」

その様子を物陰から仕立ての良い服を着た一人の男がのぞいていた。男はそれだけを呟き、その場を後にした。

〈……ガウ？〉

「どうしました？　ジャママ」

何かを感じ取ったのか、ジャママだけが耳をピンと立てていた。

◇

ピュレット家の庭園でアヤメ達とお茶会をした次の日。

町外れの自宅。そこで忙しなくロメオがグルグルとその場を回っていた。

「あぁ、どうしようどうしよう。まさかこんなことになるなんて」

幾度となく繰り返された問答。

彼は今頭を抱えていた。理由は先ほど入った仕事の依頼だ。

「まさか男爵様から依頼が来るなんて。断りたかったけど僕の身分でそんなことすれば、何と言われるかわからないし。嫌だなぁ、何事もないと良いけど」

この一帯の領主であるディアス・アル・ディーターから花束を作れとの依頼を受けたのだ。それも速やかにである。

小心者のロメオは貴族と関わりたくない。ジュリエは特別だが、基本的に貴族というのはプライドが高い。気に入らないものを出せば逆に店を潰されかねない。

特にディアスは、ロメオが淡い恋心を抱くジュリエに執心している。男としても本当は断りたい。

しかし仕事は仕事だ。ならば完璧にやり遂げるのみ。歩き回り、ある程度趣向が決まったロメオは早速作製に入る。

「確か男爵様の家は、百年続く家だったな。そして確か武勇に優れた家系だったはず。なら『繁栄』の意味を持つ花を中央に、赤を周りに飾るようにして」

仕事をすれば雑念は消え、何時もの真剣な表情で作製に励む。

暫くしてやっと納得できる花束を作ることができた。

「完成だ！　早速男爵様の所へ行こう」

だがしかし、仕事の情熱も男爵の家に近づくにつれ冷めていくわけで。

ロメオはジュリエの屋敷とは対照的に、派手で大きな男爵家の館の前で胃を押さえていた。

「あぁ、やっぱり嫌になってきた。胃が、胃が痛い」

キリキリと痛む胃を押さえながら門番に頼まれていた仕事の品を持ってきたと伝える。

何故か一瞬門番は憐れむ視線を向けた後、中に通してくれた。

「ふんっ、待ちかねたぞ。平民風情が貴族たる私を待たせるとは不敬にも程がある」

扉を使用人に開けてもらうと何故かディアスが直接待っていた。慌てて背筋を伸ばす。

「も、申し訳ございません！　その、こちらが依頼された品物です」

「貴様に言われずとも分かっておるわ。おい」

「はっ」

ディアスの脇にいた使用人が花束を受け取り、ディアスへと差し出す。

これで依頼は完了だ。ロメオはホッとする。

「こちら依頼の料金になります。どうぞお受け取りください」

「あ、態々すみません」

老齢の使用人から依頼料を受け取っていると、

「なんだ、この花は⁉」

突然ディアスの声が聞こえた。

見れば彼は此方にロメオが納品した花束を突き出していた。

「貴様これはどういうことだ⁉」

違和感があった。それは中央に差し込んだはずのない、紫色の薔薇があったことだ。

「これは猛毒の棘を持つ〝紫荊棘薔薇〟ではないか！　貴様、栄えある男爵家の当主であるこのディアス様を殺そうとしたのか！」

「そ、そんなっ。僕はそんな花を入れていない！」

「言い訳無用！　此奴を牢に連れて行け。罪人だ」

「あがっ！」

殆ど言葉も聞かずに武装した兵士がロメオを取り押さえる。嘘だ、と周りを見るも使用人達は誰もロメオの味方をしない。ロメオの顔が絶望に歪む。

ディアスはそれを見て意地悪く笑う。

「そう言えば貴様、ピュレット家の令嬢に想いを寄せているらしいな」

「なっ、どうしてそれを」

「そんなもの、私の手の者によって簡単に分かったわ。昨日も屋敷を訪れていたらしいしな。身の程を弁えろ平民。貴様みたいな下々風情が貴族に想いを寄せるなど、恐れ多いわ」

ことここに至ってロメオはハメられたのだと気付いた。

だがわかってもどうにもならない。何故なら今ここにロメオの味方は誰もいないのだから。ロメオは口に猿轡をかまされ拘束される。

「い、いったい何の騒ぎですか⁉」

突然驚いた声が響き渡る。何故か入り口にジュリエが立っていた。

（ジュリエさん！）

「おや、ジュリエ嬢。来てくれたのですね」

「それは貴方が殆ど脅しの内容の手紙を送ったからでしょう。それよりもこれは何ですか⁉」

「何。この私の命を狙った不届き者を捕らえただけです」

「そんなっ。彼はそんなことをする人では！」

「そんなことも何も、既に証拠品は上がっているのですよ。おい、さっさと連れて行け」

「はっ」

「んん！　んんー‼」

ズルズルとロメオが引きずられ、扉の奥へ消える。

「やめて！　彼を放して！」

「それは出来ません。本来ならば奴は私の命を狙った犯罪人。ですが、貴女は奴に情があるように見えますね。ならば、ふむ。そうですね。私の頼みを引き受けてくれたら恩情を与えても良いかもしれないな」

「っ、そ、それは？」

「あぁ」

ポンとジュリエの肩に手を置き、何かを囁く。ディアスの語った内容にジュリエは目を見開く。

「勿論、受けてもらえますな？」

ジュリエはその言葉を断ることは出来なかった。

◇

次の日。町民は町の中央にある大きな看板に張り出された記事を見てザワザワとそれぞれの感想を言いあう。

「おい聞いたか！　モギュー家の所の息子が捕まったらしいぞ！　なんでも男爵様に〝紫荊棘薔薇〟って毒の花を仕込んで暗殺を目論んだとか」

「はぁ？　あの花屋の倅がそんなこと出来るわけないだろう」

「本当だって！　掲示板に書いてあったんだから。それとピュレット家の令嬢がいただろ？　そことの婚約も発表されてどうやら今日直ぐに結婚式を挙げるらしい」

「ピュレット家って没落して今や当主の一人娘しかいないあの？」

「あいつはその為の生贄か。確かあの倅、あの令嬢に随分ご執心だったからな」

「残念だけどもう助からねぇな。あそこの所の花束は丁寧で女房や娘も喜んで受け取ってくれてたんだけどなぁ」

そこにあるのは諦めと同情。犠牲となる一人の若者への憐憫だった。

　町中を包む喧騒は当然朝食を食べていた俺達の耳にも入る。

「アイリスちゃん、どう思う」

「十中八九、あのろくでなしが仕組んだに決まっているのです。あの方の庭には一切そのような毒の花はありませんでした」

「だろうね、俺もそう思う」

　やっぱりあのディアスによるものだったらしい。しかし、こうまで実力行使で来るとは。もしかして昨日の暴漢も彼が差し向けたものだろうか？　ありえるな。

「嫉妬か、はたまた私怨か。どちらにせよ、余り穏やかとは言えないね」

「それでどうしますかアヤメさん。聞いてる内容によるとこのままじゃ、ロメオさんは口封じされる可能性が高いですよ」

「決まってるさ。行こう。罪のない人が貶められるのを黙って見ている道理はない。それに、向こうから力で手を出してきたんだ。なら、此方もそうするだけさ」

　見過ごすわけにはいかない。力で押し通すというならば、考えがある。

　俺は僅かに獰猛さを滲ませて笑い、コーヒーに砂糖を入れて飲み干した。

◇

何度目か分からない腹を打たれる衝撃にロメオは苦悶に満ちた、か細い声を出す。すでに口の中は血と唾液でぐちゃぐちゃでもはや鉄の味しか感じない。

「いい加減吐いたらどうだ？　自分は男爵様の暗殺を図りましたってよ」

グイと髪の毛を掴んで顔を無理やりあげる『戦士』の男。

だが何度されても答えは同じだ。

「僕は……〝紫荊棘薔薇〟を……入れてない……」

「ちっ。【欧打】」

またも頬を殴られる。ロメオの口から折れた歯が飛び出た。【欧打】はより強い痛みを与えるスキルだ。戦闘職でないロメオにはそれがより一層苦痛を助長する。

「本当は後から間違いだったと言われたら厄介だからお前が暗殺を目論んだという、言質を取りたかったが仕方がねぇ。お前案外頑固だからな。これ以上やっても無駄だろう。ならもう楽にしてやるよ」

「……僕は死ぬのか？」

「そうさ。男爵様にとってお前は邪魔らしい。お前もあんな馬鹿当主に嫉妬されてこんなことになるなんて災難だな。ま、俺を恨まないでくれよ。こっちも仕事なんだからさ」

男はかちゃっと注射器を手に持った。ロメオはぼんやりとそれを見ていた。

霞む視界、そんな時男の背中に誰かが立っているのに気づいた。

次の瞬間、何者かが拷問官の首を背後から裸絞めした。

「っ⁉　ご、ごごご！」

拷問官は暴れるも裸絞めは解けない。やがて酸素が回らなくなり気絶した。倒れた拷問官。その後ろで立っていた仮面を被った男性。ロメオはその男を知っている。

「アヤメさん？　なんで、ここに」

「ジャママに匂いを辿ってもらったけど、正解だったみたいだ。どうやらその様子だと随分と酷い目にあったみたいだね」

「あぁ身体中が痛くて仕方ないよ」

「話せる元気があるなら大丈夫だ。心が死ねば話すことも出来なくなる。君は幸運だ」

「幸運か」

ロメオは乾いた笑い声をあげた。

「ははは、笑っちゃうよね。僕は母さんの跡を継いで花屋を経営していたんだ。真面目に。こつこつと。だけどこんなあっさりと人生が台無しになるなんて。やっぱり、ジュリエさんに好意を抱いたのが間違いだったのかな。男爵にも言われたよ。貴様が貴族の娘に想いを寄せるなど身分を弁えろって。はははは」

悔しいやら情けないやら。ポロポロと涙を流しながらロメオは語る。それをアヤメはじっと黙って聞き、一言口を開いた。

「ジュリエさんがあのディアスと結婚するらしい」

「え⁉」

「表向きには前々より婚約していた式を今日あげるということになっている。だがタイミング的にも明らかにおかしい。昨日見た限り、ジュリエさんの方もディアスに関しては気乗りしている様子はなかった。脅されている可能性が高い。そしてその脅しとは君だろう」

「僕が？」

「あぁ。さて、正直に言おう。俺は君を助けに来た。今の内ならディアスに気付かれることなく、この町を去る手助けをすることができる。だけど、君はそれだけで良いのかい？」

アヤメの言葉にロメオの脳内に一つの光景が思い浮かぶ。

ロメオが作った花束を大事そうに、嬉しそうに手に取るジュリエ。

『ありがとう。わたくしこの花好きなのよ』

ふんわりと、儚げに笑った。その笑顔を見てロメオは惹かれたのだ。

「っ！　僕は、彼女が好きだ！　彼女の為になら全てを捨てたって構わない！　僕は！

彼女を助けたい!!」

「その言葉が聞きたかった」

斬(ざん)っと剣(けん)でロメオを封(ふう)じる手鎖(てぐさり)が壊(こわ)された。

ロメオは目を丸くしている。まさか鉄の手鎖をこうも容易(たやす)く切れるとは思わなかったのだろう。そのまま気絶した男から拘束具を外す為の鍵(かぎ)を奪いロメオに渡す。

「結婚式はまだ始まっていない。今ならばまだ間に合う。俺がその為の道を切り開こう。君は花嫁(はなよめ)を攫(さら)ってくると良い」

「ぼ、僕がかい？」

「彼女が待っているのは君だ。ならば俺が攫うのは筋違(すじちが)いさ」

「そうか、そうだね。いつっ」

ロメオは立ち上がろうとする。

だが長時間拘束された影響(えいきょう)か、足元が覚束(おぼつか)ないロメオをアヤメは支える。

「これじゃ、少しばかり厳しいか」

「アヤメさん、今戻(もど)りましたよ。やはりみんな結婚式場に向かっているせいか人が少なくて楽勝でした。見張りもいませんでしたし、やっぱり例のものもありました」

〈ガウッ〉

少しばかり野暮用でアヤメの側を離れていたアイリスが戻ってきた。

「そうか、良かった。それでアイリスちゃん。思ったよりロメオくんの消耗が激しい。お願いできるかい？」

「んー頭を撫でてくれて、髪を梳いてくれるならします」

「わかったわかった、してあげるから早く彼を治療してやってくれ」

「やった」

アイリスが手をかざすと、淡い光が発光し、みるみるロメオの傷が治っていく。

「すごいっ、傷が治った。あの時とは違う、これは一体」

「エルフの秘術です」

（あ、まだその設定続けるんだ）

密かにアヤメがそんなことを思う中、治ったロメオは不思議そうに首を傾げた。

「何でここまでしてくれるんだい？　君がここまでしてくれる義理なんてないと思うのだけども」

「そうだね。一つは俺の連れに花束をくれたこと。もう一つは悪を見過ごすことは出来ないこと。そして何より俺は『救世主』だからだ」

「『救世主』……確かに貴方はそうですね」

最初に助けられた時にも聞いた言葉。ロメオは軽く笑った後、強い目でアヤメを見た。

「行きます、ジュリエさんを助け出します」

「そうか。ならば急ごう。確かに結婚式はまだだが時間はあまりない」

◇

町の外れにある教会。周りを塀で囲まれ、何処からも逃げ出すことは出来ない。まるで今の自分を囲む鳥籠みたいだとジュリエは思った。

結婚式は粛々と行われ、今は人々を庇護する女神オリンピアへと最後の誓言をするため、『神官』のもとへ歩く所まで進んでいた。

そこでつい、ジュリエは口を開く。

「本当に、彼は無事なんですね？」

「心配するな。結婚式が終わったのならば解放してやる」

ディアスは不遜に笑う。どれだけ怪しくてもジュリエはその言葉を信じるしかない。

「やっとだ。ピュレット家に伝わる秘薬の製法。それが手に入る。そうすれば、我が家はより家格を高めることが出来る」

俯き暗い雰囲気のジュリエと対照的にディアスはこれからの明るい未来に昂揚していた。

その間も結婚式は進んでいく。そしてとうとう『神官』の前に来た。

「新郎ディアス・アル・ディーター。貴方はジュリエ・ピュレットを妻として愛することを、女神様の下に誓いますか？」

「誓おう」

「新婦ジュリエ・ピュレット。貴方はディアス・アル・ディーターを夫として愛することを、女神様の下に誓いますか？」

「わたくしは」

『神官』の言葉に、ジュリエは言葉に詰まる。

彼女の脳裏に浮かぶのは、平穏な館での日々。そしてそこに現れるロメオ。

『綺麗に咲かせることが出来たので是非ともジュリエさんにと。迷惑かなとは思いましたけど』

真面目で、ちょっと頼りないけど凄く優しい人。

今わかった。自分は彼に恋していたのだと。

「わたくしは……」

目尻に涙が溜まる。本当はこんなのは嫌だ。だけど言わねば彼の命がない。

そう思い、ジュリエが言葉を紡ごうとした時――

「その結婚式、ちょっと待ったー！」

一人の男性が結婚式場に乗り込んできた。

「はぁはぁ！　間に合った！　ジュリエさん！」

「ロメオくん!?」

「何!?　馬鹿な。家の者は何をしていたのだっ。構わん、奴をひっ捕らえよ！　神聖な結婚式の邪魔をした犯罪者だ！」

ディアスの声に結婚式場に配備されていた兵士達が殺到し、長槍を構える。

「悪いが、君達の相手は俺がさせてもらおう」

「ぐっ!?」

そこへ素早い動きで兵士達の懐に飛び込んだ俺は立ちはだかる兵士達をなぎ倒した。

「行きなっ！」

「はいっ！」

「待てっ、来させるな、ぐお!?」

俺の言葉にロメオくんは駆け出す。そんな彼を追おうとする兵士達を、すぐさま俺は戦闘に入り倒していく。その隙にロメオくんは、ディアスとジュリエの前まで来た。

「ジュリエさん！」

「ロメオくん！」

「おっと、下がってもらうぞ。ふん、どうやって抜け出したかは知らないが、貴族の結婚式に割り込むだなんて許されることではないと知れ。おい、剣を」

「はっ」

兵士の一人がディアスへ剣を渡す。

「ふん、たかだか『花屋』の貴様が貴族であり『剣士』の職業を授かるこの私……否、俺に敵うものか。俺自らの手で剣の錆にしてくれる」

「っ！　ジュリエさんは返してもらう！　うぉぉ！」

「はっ！　自ら駆け出すとは馬鹿め！」

ロメオくんは勢いそのままにディアスへ吶喊した。

ディアスは余裕で剣を構える。普通ならロメオくんはディアスに勝てない。普通ならね！

既に兵士を倒していた俺は兵士の衣服のボタンをちぎり、ディアスの目に向けて弾いた。

「ぐあっ⁉」

「うぉぉぉぉ‼」

痛みに目を瞑ったディアスの横っ面にロメオくんのパンチが炸裂する。倒れるディアス。

「え？　あ、当たったの？」

「ロメオくん！」

「ジュリエさん！」

ポカンと口を開くロメオくんに駆け寄るジュリエさんの手を取り、ロメオくんは意を決して自らの想いを言葉にした。

「今だから言います！　僕はっ、貴女を愛しています‼」

「っ！　わたくしも貴方を愛しています」

『神官』さんもオロオロと、倒れたディアスと抱き合う二人を見比べる。そして一言「えっと、お幸せに？」と言った。

やれやれ情熱的なのは良いけどここはまだ敵地真っ只中なんだけどね。ディアスは、口から血を流しながら立ち上がった。

「おのれぇっ！　許さんぞ！　兵どもあいつを殺せ！」

「なっ⁉　お、お待ちください！　拘束ならともかく神聖な、女神様に誓う儀式の場でそのような血を流すことなど」

『神官』が宥めるも頭に血が上ったディアスはその言葉を拒否する。

「やかましい！　奴は貴族である俺に恥をかかせたのだ！　これ以上の侮辱があるものか！　貴様ら早くしろッ!!」

頬を押さえたディアスの言葉に新たな兵士達が現れ、二人に向かって走り出す。

「させるか！」

「ぎゃあっ！」

俺は近くにあったテーブルを蹴飛ばし、兵達はそれに巻き込まれる。

「二人とも！　こっちに来るんだ！」

その隙に二人を呼ぶ。慌ててロメオくんとジュリエさんが俺の方に寄ってくる。俺は二人を背後に庇いながら塀の方に追い詰められるフリをした。

別に倒すのは問題ない。だがそれとは別の狙いが俺にはあった。

まだか？　まだなのか？　ディアスは勝ち誇った顔をする。

「ふん、幾ら意気がろうとこの人数に勝てるものか。もう許さん。貴様ら覚悟は出来ているのだろうな？」

「何をもう勝った気でいるんだい？」

「貴様こそ状況がわかっているのか？　兵士ども、花嫁も多少傷つけても構わん！　さっさと制圧せよ！」

「はっ！　【刺突】」

兵士の一人が槍を突き出す。

【刺突】は槍を速度を上げて放つ技能だ。その威力は薄い鉄板なら貫通する力を持つ。仮にまともに受けたら大怪我は免れないだろう。

「けどそれも、当たらなければ意味はないんだよッ！」

「何!?　ぐほっ！」

突き出された槍を躱し、穂先と持ち手の間を切断する。驚く兵士を蹴り、吹き飛ばす。

「怯むな！　囲めば倒せる！」

「それは悪手だな！」

次に同時に槍を突き出す兵士。俺はそれをジャンプして躱す。

同時にさっきの穂先を切った長槍を拾って、柄で兵士の額を思いっきりうちつける。そこから更に横薙ぎに払うことで他の兵士達も倒した。

「ぐッ、えぇい！　貴様ら何をしている!?　相手はたかが一人、それも技能をまだ使ってない相手に何を手間取っている!?」

「ディアス様！　至急耳に入れなければならないことが！」

喚くディアス。そこへ老齢の使用人が焦った顔で現れた。

「後にしろ！　今は忙しい！　奴らを根切りにしてくれる！」

「そ、それが例の植物を使った本当の目的が何処からか漏れ、本邸の方に女神教からの使徒が詰め寄っているとのことです！　使徒らは証拠となる植物や書類までも持っており言い逃れ出来ませぬ！」

「な、なにぃ⁉」

「植物？　教会も動くとは。ディアス殿、どういうことか説明していただけますか？」

お付きの人に報告された内容にディアスは心底驚いた。側では結婚式を執り行っていた『神官』も疑わしい目つきでディアスを睨む。

　そんな中、俺は一人、ほくそ笑んだ。やってくれたか、アイリスちゃん。

途中で会った商人、クラマーさんの荷物の中には普段は無害だが、特殊な用法で乾燥させると途端に禁止指定の麻薬になる植物があるとアイリスちゃんは言っていた。

　癒しの秘薬と呼ばれたものの正体は、一時的には生命力を増す強心剤としての力を持つものだが、かなりの中毒性があり、それ以上に副作用が大きかった。結果、使うとより身体を破壊する麻薬だったのだ。

　一度使うと身体が元気になったと思った患者はより薬を求めるようになる。使えば使うほど死に向かっていく。

これはあの商人が度々(たびたび)ディアスに頼(たの)まれていたとも言っていたから、分かっていて輸入させた可能性が高く、アイリスちゃんに男爵(だんしゃく)の家に侵入(しんにゅう)してその証拠となる資料と現物を探してもらった。結果予想通りディアスは植物を溜め込み、数多く栽培(さいばい)していた。後は〃癒しの秘薬〃としての他の貴族相手への売買予定の書類もあった。

恐(おそ)らくジュリエさんを狙ったのは彼女の家に伝わる癒しの秘薬の作り方を手に入れようとしたのだろう。それを独占(どくせん)することで莫大(ばくだい)な利益を得ようとしたのだ。

どちらにせよ余りにも杜撰(ずさん)な計画だ。

販売先(はんばいさき)の貴族に薬の正体がバレたら死は免れないし、植物もクラマーさんらに運んでもらった後、自らの領で育てていたから、証拠も思いっきり残ってしまっている。

「おやおや、どうやら表にばれちゃヤバいことがあったらしいね。駄目(だめ)じゃないか。隠(かく)しておかなきゃ」

「貴様、まさかこれも！」

「さて、こっちの目的は果たしたから退散させてもらうとしようか」

「逃すか！　兵ども、さっさとうごぉ⁉」

俺は手に持っていたアイリスちゃん特製の煙玉(けむりだま)をディアス達に投げつけた。初めは何の痛痒(つうよう)も感じていないディアス達だったが直ぐに効果は現れた。

「うぎゃあぁぁぁぁぁあ!!」

「痛い痛い痛い痛い痛いっ!!」

突然大声をあげて兵士達がのたうち回る。

その様子にロメオくんがビックリしていた。そしてそれ以上に、俺もビックリした。

「な、何をしたんだい!?」

「アイリスちゃんお得意の煙玉なんだけどエグいな、これ」

いや、本当にエグい。食らったディアスと兵士は咳き込み、涙と鼻水を流し地面をのたうちまわっている。色んな植物を乾燥させ、混ぜ込んだとは聞いていたけれども、ここまでとは。離れている俺でさえ少しばかりピリピリする感覚があるのだから、破裂した中心地にいる彼らは正に地獄を味わっているだろう。

間違えても自爆しないように気をつけようと俺は心に誓った。

「今のうちだ。ここから脱出するよ」

「でも、目の前は粉塵と人で塞がっているしどうやって」

「簡単さ、こうする」

背後の塀に向け剣を抜き払う。石の塀はいとも簡単に切れて崩れた。

「言っただろう? 道は俺が切り開くって」

「あ、あはは……切り開くって、そんな物理的に」

「ロメオくん」

「あ。そ、そうだねっ。早くここから逃げよう！」

ロメオくんとジュリエさんは手を握り、見えた森の方に駆け出す。勿論俺も。

「ま、待てっ」

「いいや、待たないさ。じゃあね」

俺は最後に木を切り倒して障害物を作り、その場を後にした。

こうして花嫁は乱入して来た闖入者に奪い取られ、花婿は一人取り残された。

後にはメチャクチャになった結婚式場に乗り込んで来た女神教の『神官』らが麻薬密輸及び栽培の件でディアスを拘束した。

◇

その場から逃げた俺達は途中でアイリスちゃんと合流する予定だった大きな木の下を訪れた。そこには既にアイリスちゃんがジャママと一緒に待っていた。

「お疲れ様ですアヤメさん」

「そっちこそお疲れ様。どうだった？」

「アヤメさんに言われた通り様々な所に証拠と植物の現物を出してきました。植物については一番詳（くわ）しいエルフであるわたしが言ったことなのですぐに『神官（プリースト）』達も動きました。流石（さすが）に女神教にまであの貴族の影響も及んでいませんし、もはや揉（も）み消せません」

「そっか、ありがとう。よくやってくれたね」

「本当ですよ。ロメオさんの件がなければ出来れば頼りたくはなかったです」

女神オリンピアを讃（たた）える女神教に協力を仰（あお）ぐことはアイリスちゃんにとって複雑だったらしい。流石に人の命がかかっているので、その思いを呑（の）み込んで行動してくれたが。

俺は後ろにいるロメオくんとジュリエさんの方に振（ふ）り返る。

「さて、逃げて来たわけだけど。二人ともこれからどうするつもりだい？」

「そうだね、新しい町でやり直すよ。僕はもうこの町にはいられないし」

「わたくしも、もうあの家には家族もおりませんし、ロメオくんと一緒に生きていきます」

二人は仲睦（なかむつ）まじそうに手を握り合っている。

想（おも）いが通じあったからか二人の目に迷いはなかった。

「そうか、なら行く当てと金はあるのか？」

「ここから半日南に歩いた所に別の町がある。そこから馬車を借りて更に遠くに行こうと思う。お金も、国の一番の商会へ預けていたからおろせるはずだよ」

「魔獣も、ここからであれば街道がしっかりしているので現れることがありませんから、わたくし達はもう大丈夫です。これ以上貴方に迷惑はかけられません」

「そうか。でも念の為にこれを渡しておくよ。ディアスに投げたのと同じものだ。何かあったらこれを撒いて逃げるといい」

「本当にありがとう、それじゃあ」

「ありがとうございました。アイリスちゃん、貴女も頑張ってね。ジャママちゃんも、またね」

「はい！」

〈カゥッ！〉

二人は街道に沿って歩き、去っていった。

それを見えなくなるまで俺は見続け、息を吐いた。

ロメオくんは平民で、ジュリエさんは貴族。

メアリーの言葉を借りると文字通り住む世界が違う二人だ。

だが彼らは身分という壁を乗り越えた。ならばこれからの試練もきっと越えられるだろう。二人は去っていく時まで手を握りあっていた。そこには深い信頼と親愛があった。そのことに少しばかり俺は羨望してしまう。

ふと思う。もしあの時メイちゃんに告白していれば何か変わっただろうか。

「いや、そんなことないか」

だってメイちゃんはユウのことを――

「ていっ」

「いたいっ、な、何？　アイリスちゃん」

「何だか昔の女を思い出しているような顔でしたので。で、その後自分で勝手に落ち込んでいるみたいな感じでした」

「いやに具体的だね」

この子は読心術でも持っているんだろうかと考えているとアイリスちゃんはちょいちょいと屈(かが)んでほしいという仕草をする。

「アヤメさんにあげたいものがあるのです。ここに来る前にロメオさんの家からちょっとばかし失敬してきたのです」

アイリスちゃんは俺の頭に何かを被(かぶ)せてきた。良(い)い匂(にお)いと感覚からこれは花か？

「これは昨日言っていたベゴニアって花だよね。そしてこれは花冠(はなかんむり)かい？」

「そうです、待ってる間にわたしが作りました」

「へぇ、凄(すご)いね。そう言えば前に花には花言葉があるって言っていたけどこれはどんな花言葉なんだい？」

「ふふん、秘密です。ほら行きますよジャママ」

〈ガァウ〉

「え、待ってすごく怖いんだけど。ちょっと、アイリスちゃん⁉」

鼻歌を歌うアイリスちゃんの後を慌てて追いかける。アイリスちゃんは何故かご機嫌だった。

アイリスが渡した花と、二人の間に咲き乱れて散る花の名はベゴニア。

その花言葉は『愛の告白』『幸せな日々』。

幕間一 『真の勇者』の追想

ユウ・プロターゴニスト。それがぼくの名前だ。

昔から英雄譚が好きだった。

巨大な悪を、様々な英雄達が仲間と共に力を合わせ倒す。そんな物語が。

その中でも勇者に憧れていた。

弱い人を守り、悪党を退治し、国を救う。正に理想のヒーローだ。

ぼくもそんな人になりたいと思っていた。

だけどぼくは臆病だった。喧嘩も好きじゃないし、力も弱い。そして何より泣き虫だった。そんなぼくがなれるはずがない。それにぼくは勇者に相応しい人を知っていた。

フォイルくん。

ぼくの幼馴染で、そして何より憧れの人。

彼は誰よりも勇気があって、それでいて優しかった。

だから彼が『勇者』だと知った時はやっぱりという気持ちが強かった。

勿論、自分が勇者になれなかったことに対して悔しさもあったけど、それ以上に彼が勇者だと知って納得の気持ちの方が強かった。

……その後ぼくが『名無し』だと判明した時のことはよく覚えていない。

その場から逃げ出して、泣いて、泣いて、泣いた記憶しかない。三人で作った秘密基地で、一人泣き続けた。もしメイちゃんが追ってきてくれなかったら僕はずっと泣いていたままだっただろう。

それからフォイルくんに会いに行こうと言うメイちゃんに対してぼくは渋った。

彼に蔑んだ目で見られると思うと怖かった。彼に見切られるのが怖かった。

メイちゃんは大丈夫だって励ましてくれたけど、臆病なぼくは勇気がなかった。

だけどそんなぼくの心配は杞憂だった。

フォイルくんは態度を変えなかった。大切な幼馴染だって言ってくれた。

嬉しかった。そしてまた泣いちゃった。あはは……

その後フォイルくんに一緒に来てほしいと言われた時、ぼくは彼の役に立ちたいと思った。どんなことをしても彼についていきたいと誓ったんだ。

あれから十年。僕は青年になった。

身体つきも立派になったし、顔立ちも大人っぽくなった。泣き虫なのは余り治らなかったけど……。

対照的にフォイルくんは勇者に相応しい貫禄になっていた。剣の腕もすごくなっていた。誰がどう見ても立派な勇者だった。

僕はまだ剣を振っている。

殆ど一人で修行しているだけだけど。フォイルくんや騎士団の人が稽古をつけてくれたりもしたけど技能もない僕にはついていくだけで精一杯だった。

だけど僕は諦めなかった。

だって、諦めたらもうあの背に追いつけない。届かない。

そんなのは嫌だった。

だから努力した。グラディウスさんからは無駄な努力と言われ、メアリーさんからは無様と罵られたけれど、それでも剣を振り続けた。

そんな日々を過ごし、やがて魔王軍八戦将『爆風』のダウンバースト・グリュプスが現れた。ダウンバーストは、人々を人質に水の都アーテルダムを占拠した。そんな奴を倒すべく僕の立てた作戦をフォイルくんは、すぐに信じてくれた。そして彼と共に『爆風』を倒せた時、僕はこれ以上ないくらい嬉しかった。

きっとこのまま行けば魔王軍だって倒すことが出来る。そう信じていた。

……そんな彼から僕は追放された。

役立たずは、必要ないって。『名無し』であるからと、僕は彼に冷徹(れいてつ)な目で告げられた。

あの時はもう茫然自失(ぼうぜんじしつ)で、勢いで宿を出た。何処(どこ)をどう歩いたのか、全く覚えていなかった。気付いたら、街の外に出ていた。街道を出て、森の中で一心不乱に剣を振った。目に付く木々や草を刈(か)っていった。八つ当たりだった。自暴自棄(じぼうじき)だった。

ふと気付けば魔獣(まじゅう)が集まっていた。

魔獣達は、一人の僕を容易く食べられると踏(ふ)んだのか周囲を囲んでいたんだ。

「アァアアアァアァアァアッッ!!」

今のぐちゃぐちゃになった心を少しでも発散して、落ち着かせる為(ため)に僕は叫(さけ)び続けた。

僕は思い切り剣を振った。

馬鹿だ。僕は大馬鹿だ。

グラディウスさんとメアリーさんの言っていたことは事実だった。僕は、いつしか本気で強くなろうとしなくなっていた。そんな僕を、きっとフォイルくんは見抜(みぬ)いたんだ。

今、此処(ここ)で魔獣達程度に逃げたらそれこそ僕は本当に臆病者(おくびょうもの)になる。彼ともう一度会う権利が無くなってしまう。僕はそんな不安を振り払うように魔獣の群れと戦い続けた。

　気付けば周囲は魔獣の死骸によって埋め尽くされていた。血溜まりが周囲に広がる中、その中心で僕は満身創痍になっていた。全身傷だらけで、無茶苦茶に斬った剣は凹凸が出来、血と脂で濡れたぎっていた。

　疲労から足が震え、立つこともままならないから、剣の柄を支えに息を整えていた。

それでも耐えられず、倒れそうになった時、現れたのはメイちゃんだった。

「ユウくん、大丈夫⁉　こんな、傷だらけじゃないっ。今治療薬を出すから」

来てくれたんだという安堵があった。

だけど、それ以上に悔しかった。不甲斐なかった。僕はまた、誰かに助けられている。

「メイ……ちゃん……僕は、僕は」

「喋っちゃダメだよ。ほら、これを飲んでっ」

「僕はっ……う、ぐ……強くなりたい！」

流れる涙と嗚咽を隠そうともせず、僕はそう告げた。

『名無し』だから、技能がないから、なんて、何の免罪符にもならない。大切なのは強くなろうとする心だ。その心をいつしか僕は失っていた。

　彼と対等に立つ為の強さが僕は欲しかった。

　自らの思いを吐露した後、メイちゃんが、あの後勇者パーティから抜けたと聞いた。

それを聞いた時、思わず「どうして⁉」と叫んだ。

「だって、ユウくんが心配なんだもの」

メイちゃんはそう言ってくれた。そう言われた時、とても嬉しかった。

でも、僕には気になることがあった。

「だけど、フォイルくんはどうしたの？　彼だって心配じゃないの？」

「……」

「メイちゃん？」

「知ら……ない。幼馴染を簡単に捨てるフォイルがこれからどうするのかなんて、知らない……」

フィーくんと呼んでいた愛称が変わっていた。

何があったのかは聞けなかった。それは踏み込んではいけない領域だったから。

それに、何より知らないと語るメイちゃんがすごく辛そうだったから。

後には重い沈黙だけがあった。

そして僕とメイちゃんは街から離れ、冒険者の真似事をするようになった。メイちゃん程じゃないけど僕も戦うことは出来る。その術を僕はフォイルくんとの修行で得ていた。

だけど弱いのには変わりない。だから僕はこれまで以上に考えて動くようになった。

その甲斐あってか、前よりも強くなっていった。まぁ、フォイルくんと比べたら微々たるものではあるんだけど……。

そうして何ヶ月かが過ぎていった。

いつしか僕達は辺境の村々では《民衆の味方》と呼ばれるようになった。

なんでも魔獣被害に困っていれば、何処からともなく現れて助けてくれるかららしい。

なんだか気恥ずかしかった。そんな崇高な行為だと思われていることが。

僕は未だ、メイちゃんやフォイルくんと比べたら弱い。

その日も訪れた村で、何やら山の方で不穏な空気が流れているという噂を聞いた。僕達は、それを調査する為に村に滞在することにした。

クリスティナさんと会ったのはそんな時だった。

当時の彼女はとある村の『神官見習い』だった。何でも女神教の方では素晴らしい功績を挙げたにもかかわらず、そのまま街にいるのでは無く、こうした恵まれない人々や辺境に住む人達の力になりたいから、色んな村を回っていたらしい。

正直、凄く立派な人だと思った。僕達よりも若いのに。

その村を魔物が襲った。

僕とメイちゃんは教会を襲おうとする魔物を正面で迎え撃っていた。だけど魔物の数は多かった。このままでは抜かれてしまう。

その時不思議なことが起こった。

『遂に時が来ました。どうか、不甲斐なきわたくしに代わり、世界を救ってください。『真の勇者』よ』

聞いたことのない、女性の声。なのに、どこか不思議と安心出来る声だった。

身体中に力が漲ったと思うと、これまで感じたことのない高揚感が心に吹き込み、いつの間にか手に持つ剣で魔物を一閃していた。その力は正面にいる魔物を全て一撃で殺した。

メイちゃんが驚いていた。今のは、きっと技能だと。

僕は信じられないように、手のひらを見て、先ほどの言葉を反芻していた。

魔物襲撃から数日。

クリスティナさんに教会に案内され、魔物と対峙していたことを話し、調べてもらった。

そしたら驚くべきことを言われた。

貴方の職業は『勇者』であり、『真の勇者』という称号がある、と。

それはあの時、頭に響いた言葉と全く同じだった。

信じられなかった。わからなかった。理解出来なかった。

だって僕にとって勇者とはフォイルくんのことで、勇者なんて雲の上の、物語の存在だったからだ。

だから『真の勇者』と彼女が言っても僕は殆どそのことを信じていなかった。

クリスティナさんは僕達について来た。なんでも女神から僕達をサポートしてほしいと頼まれたからだって言っていた。

とはいえ僕はその時になっても、彼女の言葉をあまり本気で捉えていなかった。

けれどそれから僕に変化が訪れた。

段々と動きが良くなったり、相手の動きが良く見えるようになった。

更には聖剣がなきゃ使えない技能はともかく、勇者のみが使える身体能力を上げる固有技能が沢山使えるようになった。

此処まで来ると僕も、クリスティナさんの話を段々と信じるようになってきた。

言いようのない感情が僕の心に湧いた。

僕が、本当に勇者なんだという。

それは非常に甘美で、抗い難い感情だった。

そうしてその後も旅を続けていく内に、オーウェンと出会い、ファウバーンとキュアノスとも出会った。

大切な仲間との出会いだった。彼らは僕を認めてくれて、一緒に旅をしてくれた。

励まされた、褒められた、期待された。

初めて感じるそれらを心地良く感じていた。

あぁ、そうだ。僕は浮かれていたんだ。子どものように、愚かで無邪気に。

その代償として僕は掛け替えのない幼馴染を失うことになった。

フォイルくんが『偽りの勇者』と【神託】により発覚した時、色んな人が彼を悪し様に罵り、殺そうとした。僕達が抜けた後の勇者パーティの悪評は知っていた。だけど、フォイルくん自身の悪評はそんなにない。だけど皆が彼を、勇者を騙った大罪人として裁こうとする。

それを知った僕は、誰よりも早く彼のもとに行こうとした。

僕は驕っていた。彼を救ってみせると思い上がっていたんだ。

それがどれだけ傲慢なことか、僕は理解していなかった。

僕は彼を斬った。斬ってしまった。

困惑して呆然とする僕に、フォイルくんが語りかけてきた。

それは、あの僕を追放した時みたいな冷徹な目じゃなくて何時もの彼の優しい瞳だった。

だから僕は混乱しながらも彼の言葉を聞いた。

嘘だ、と言った。なんで彼がと叫んだ。心が、理解することを拒否していた。

だけど彼が嘘を語るはずがないとわかっていた。

フォイルくんは、優しい、それでいて真っ直ぐな瞳で僕を見る。僕を追放した時と違う、僕が憧れたその瞳。僕はその瞳を揺れて見ることしか出来なかった。

フォイルくんは何時ものように笑みを浮かべると、僕の胸に聖剣を押し付けて来た。

「世界を、メイちゃんを頼んだぜ」、と。

彼から受け取り、初めて持った聖剣アリアンロッド。

清らかで神聖な見た目と違いその剣はとても重かった。


そうして幼い頃から憧れていた聖剣を手に入れたあの時。

『真の勇者』として本当の意味で産声を上げたあの日。

僕は今でも幼馴染を斬ったあの感触が手に残っている。

◇

太陽国ソレイユ。

人間界では最も繁栄すると同時に魔界に距離が近い国である。

今より五百年前、魔王と呼ばれし存在が突如として現れ、世界は闇に覆われる寸前まで追い詰められた。その時、とある一人の青年が立ち上がった。

その青年こそが初代『勇者』ソレイユ・シード・ファンダシオンであった。

ソレイユは女神より聖剣を授けられ、その力をもってして、魔王と互角に戦いを繰り広げ、魔界へ押し戻した。人類は追い詰められたが一先ず勝利出来たのだ。

その際に彼と彼の仲間達によって、太陽国ソレイユは建国された。

ソレイユは言った。

『いずれ魔王はまた現れる。我々はその為に準備しなければならない。人類の防波堤として、此処で魔界を監視し、奴等の侵攻を食い止めねばならない。いずれまた現れる『勇者』を我々は待ち続ける。また太陽が昇るその日を』

その言葉の通り、魔王は百年の年月の後、傷を癒し再び侵攻を開始する。

その時には既にソレイユは亡くなっていたが彼の遺志を継いだ太陽国ソレイユの人々が、魔王軍との戦いに明け暮れた。

だが、それだけのことをしてもまたも人類は追い詰められようとしていた。魔王は己と互角に戦えた『勇者』に対策し魔物と呼ばれる存在を生み出していたのだ。

四百年前、二代目『勇者』ヘリオス・ルート・イグナシオは魔王本人だけでなく、魔物とも戦うことを強いられるも、辛くも勝利し、遂には魔王を討伐することに成功した。人類は勝ったと思われた。

更に百年後。つまりは三百年前に再び魔王は現れた。更には魔物だけではなく、自らの力を分け与えし、魔族と強大な幹部を率いて。三代目勇者ライト・トランク・ステファノは、酷く傷つき、太陽国ソレイユも疲弊していった。

そこに魔物と魔族を封じ、癒しの力を持つ存在が現れた。『聖女』の誕生であった。初代『聖女』トワイ・アナスタシアはその癒しの力により『勇者』の傷を癒した。

やがて『勇者』と『聖女』により、またしても魔王は討ち取られ魔物と魔族は『聖女』の力により魔界に封じ込められた。そして、三代目『勇者』と初代『聖女』の名にあやかり、トワイライト平原と呼ばれる地は、魔界と人間界の境界線であり、そして人類と魔王軍の最前線となっていた。

太陽国ソレイユは、初代『勇者』より始まり、常に魔王軍に備え、復活したときには最前線で戦ってきた歴史を持つ。

故に自らを人類の守護者であると自負しており、使命感があり、全員誇り高かった。

魔王が現れ、その度に戦火を交える。

その数、既に四回。今回の魔王軍による侵攻を含めたら五度目だ。

太陽国ソレイユは現在、膨大な数の魔物をトワイライト平原にて迎え撃っていた。

そんな太陽国ソレイユが王都ハルマキス。そこは、世界最大にして並ぶものはいない大国の首都であり、最も繁栄した都と言われている。

魔界に程近いというのにこれ程までに人で賑わうのは、太陽国ソレイユが大国であるという象徴であり、堅牢な城壁への信頼であり、魔王軍に対しての侵入を拒む目には見えない結界への確信であり、そして何より『勇者』の存在があるからだった。

そんな王都を一望出来る最も高き城、ヘリオス城。二代目『勇者』の名を冠す城。荘厳な、それこそ限られた者しか訪れることの出来ない玉座へと座る一人の男性。

玉座の右に掲げられるは太陽国ソレイユの誇りを示す、まさしく太陽を模倣し、そこに剣が聳えている旗。左に掲げられるは同じく太陽を模倣し、剣の代わりに錫杖がある旗。

最後に玉座の背後にあるのは初代勇者ソレイユが掲げし聖剣と魔を払う聖女、そして魔王が倒される場面の絵であった。

「ユウ・プロターゴニスト。国王様の命により馳せ参じました」

ユウが頭を下げると同時にメイ達も頭を下げ、膝をつく。

その先にいる一人の男性。偉丈夫な身体に赤を基調とした豪華絢爛な衣装に、王冠を被った男性。

太陽国ソレイユの現国王テュランノス・ディグニティ・オルグレン・ソレイユ。

ソレイユの子孫であり、大国である太陽国ソレイユを治める王である。

そんな彼は、ユウが頭を下げるのを見ると慌てて立ち上がった。

「頭をあげてくれ勇者殿！　貴方様は世界の希望、それに対しワシはあくまで一国の王に過ぎない。本来であれば逆の立場であるのだ。ワシは貴方に世界を救ってくれと懇願することしか出来ない」

「いいえ。僕はただ聖剣を扱える一個人でしかありません。民を、国を導ける国王陛下と比べたらその偉大さも歩んできた道も、重みも、何もかもが違います」

その言葉が本心であるとわかり、そんなユウを説得出来ないことにテュランノスは悔しげな表情を浮かべる。どこまでもユウを気遣う、その姿勢は好感を抱かせるに足りる。

先代の――フォイルの時の国王とは、正に器が違っていた。

「あい、わかった。出来れば勇者殿にはもっと胸を張ってもらいたいものだが。こほん、それでは勇者殿に幾つか聞きたいことがある。聖剣の力の方は如何かな？」

「今は問題なく扱えます。オーウェンにも修行をつけてもらっていますし、技能についても発動には問題ありません。まだ完全に慣れたとは言えませんけど……」

「ならば良かった。技能が使えるようになっても慣れるまでは時間がかかるからな。これも女神オリンピアの導きがあってこそだろう」

「……」

女神オリンピア。

人々を導き、職業を授ける神様。

人は女神の【神託】によって『職業』を得て、技能を習得出来る。そうすることで魔王軍に対しても対抗出来る。その御業は正に神の名に相応しい人類の守護者だ。

ただ……ユウにとっては複雑な気持ちである。

ユウからは見えないがメイも、そっと視線を下げた。何を思っているのか、ユウからは見えないしわからない。

「……すまない。今のは聞かなかったことにしてくれ。少しばかり無遠慮過ぎた」

「いえ。国王様の立場も理解していますから」

「そうか……感謝する。それでは本題に入るとしようぞ。実は今日、勇者殿達に来てもらったのはそれだけではない。ルヴィン」

「仰せのままに」

名を呼ぶと、テュランノスの側に控えるように直立不動で警護していた一人の騎士が一歩前に進み出る。太陽国ソレイユの誇る《焔光近衛騎士団》の団長、ルヴィン・オールマイティ・ルキフェル。彼の手には何かが記された上質な紙の手紙があった。

「此処に一通の手紙があります。各国に派遣した諜報員からですが、武国ソドォムにて魔王軍の怪しい動きがあるとの情報がありました」

「魔王軍……！」

人類に仇なす諸悪の根源。或いは元凶。

フォイルによって『爆風』のダウンバーストが討ち取られて以来、大きな動きがなかったが最近になってまた活動を始めたらしい。

「知っての通り武国ソドォムは我が国と協約を結ぶ大切な国だ。しかし、武国ソドォムだけでは魔王軍に対抗出来ない。だが我が国も戦力を例のトワイライト平原に割かれている以上あまり余裕もない。『真の勇者』である貴公の力が必要だ。だが……勇者殿は聖剣アリアンロッドを手に入れて日が浅い。まだ戦えぬというのならば此方の方で何とか戦力を抽出して」

「行きます」

ユウは即答した。

これから行くのは戦場だ。今までの魔獣退治や盗賊退治、悪党とは違う。

相手は魔族。人類の天敵。かつてはフォイルについて行く日々だったが分かる。

奴らは一片の容赦なく人を害する。悪意と殺意をもってして。

正直言って怖い。恐ろしい。だけど。だけれども。

「僕は勇者なんだ。だから戦います」

王と周りの大臣達が感嘆する。流石は勇者だと。

「ユウさん、私も行きます。女神様より授かった奇跡で、力になりますから！」

「ま、旦那が行くんなら俺も行くしかないわな」

「オイラも行くよ！」

「皆……そうだね。行こう」

皆を元気づけるように笑うユウ。

だけど、その姿は何処か無理をしているように見えて。

「ユウくん……」

メイだけが少しだけ心配そうに見ていた。

第二章　『氷霧』漂う、空に咲く大華

《冒険者》

小鳥の囀る声が聞こえる。夜が明けてきたから生物達も目を覚まし始めたのだろう。森の中では町の喧騒はなく、野生動物の活動音以外は静寂そのものだ。まるで自分一人、世間から弾き出されたような感覚。だけど、この感覚を俺は嫌いではなかった。

「はぁ!!」

今日も今日とて修行する。これは『勇者』の時からずっと続けて来た日課だ。

俺はまだ自身の身体がどこまでいけるのかわかっていない。

そう思うと一度限界まで身体を酷使してみたい気になるが、その後の反動や疲れを考えると、少なくとも今の魔獣の領域で行うべきではない。だから俺は旅に支障の出ない範囲で聖剣を所持していた頃の動きを思い出そうと訓練していた。

「精が出ますねアヤメさん。はいどうぞ」

暫くしてここまでかなと俺が思ったのを見計らったように、様子を見ていた、腰にまで伸びた絹のような金色の髪に、頭の左右に白い花飾りをつけたエルフ、今代の『聖女』であるアイリスちゃんがタオルを渡してくれた。

「アイリスちゃん。ありがとう」

「やっぱり前よりは身体が動くんですよね？」

「うん。やっぱり格段に良くなっていると思う。『疾爪』のオニュクスとの戦いも、ディアスの兵士との戦いも良い経験になったよ」

どっちも相手が異能と技能を使ってきた。そんな相手との戦いは俺自身の戦い方に変化を生んだ。

「そういえば途中何かを思い出すように目を閉じたり、構えたりしてましたけどその時の戦いを思い出していたんですか？」

「うん、そうだよ。それ以外にもあるけどね」

「それは？」

「あぁ、見といてくれるかな？　〝緋華〟！」

俺は剣を水平に構え、突く。

同じ突きでも先程までとは違い、鋭利に空気を切り裂く一撃。

アイリスちゃんもその違いがわかったのか翡翠(ひすい)の瞳を見開いていた。

「アヤメさん、技能(スキル)を扱えるようになったんですか⁉」

「いや、俺は技能(スキル)を使えないよ」

「えっ、でも今」

「あぁ、それは技だよ。アイリスちゃん」

「技？」

元々俺は聖剣を扱えなくなるにつれて自らの技術でそれを補うようになっていた。

色んな型、太刀筋(たちすじ)、動き、そして技能(スキル)。それらの集大成が先程の技だ。

そう、俺は技能(スキル)を模倣した技を生み出そうとしていたのだ。

「『疾爪』のオニュクスとの戦闘(せんとう)とこの間の兵士との戦いでやっと感覚が掴(つか)めたんだ」

かつてオーロ村へと攻(せ)め入った上位魔族。八戦将『爆風』のダウンバースト・クリュプスの配下、『三風痕(さんふうこん)』の一人『疾爪』のオニュクス。奴との戦いは、聖剣を失ってから初めての本格的な戦闘であり、俺はその経験を積むことでより精巧(せいこう)な技のイメージと技術を獲得(かくとく)することが出来た。後の細かい感覚は、先のディアスの兵士との戦いで掴むことが出来た。

「さっきのは、戦闘系の職業(ジョブ)が会得(えとく)出来る【刺突(しとつ)】を真似(まね)したんだ。だが欠点もある」

「それは。あっ、もしかして本当の技能の威力には、ほど遠いという訳ですか？」

「察しが良いね。その通りだよ。【刺突】は鉄板すら貫ける技能で、その威力も普通に突くよりも強化されている。だけど俺の〝緋華〟は俺自身の力と剣の強度。つまり、俺自身に強く依存している。俺が疲労すれば当然威力は落ちるだろう」

職業に応じて与えられる技能。獲得出来れば、たとえ子どもだろうと、武器を扱い、使うことで鉄板すら貫ける。女神から与えられた己の能力を高める加護、それが技能だ。

当然、『偽りの勇者』としての職業を授かった俺だが、聖剣を失った以上は女神オリンピアの加護がないに等しい状態であり、技能の使用が出来ない。

つまり、全てにおいて俺の体力がモノを言うのだ。

「でも充分だと思います。アヤメさんの身体能力と技術があれば、それはもう立派な技能ですよ！」

「いや、そんなことはないさ。本職の人達からすれば俺の剣術は邪道も良いところさ」

すっと、脳裏によぎったのは八戦将『豪傑』のベシュトレーベンの一撃。

山を崩した、〝咆王崩壊拳・鏖塵〟。

俺はあれに対抗出来るのだろうか？　どれだけ考えても、答えは否だった。

聖剣を所持していた頃と比べたら威力も劣る。その程度のものなのだ。俺の技は。

「そんな卑下することはないですよ！　アヤメさん、わたし達エルフも貴方と同じなんです。わたし達には、技能が存在しないんですよ？」

「なんだって？」

技能が存在しない？　どういうことだ？

「アイリスちゃん、君はオーロ村で『疾爪』からラディオくんを、植物を操って守ったはずだ。あれは技能ではないのか？」

かつてオーロ村を襲った魔王軍八戦将『爆風』のダウンバースト・グリュプスが配下、『疾爪』のオニュクス。奴からの攻撃をアイリスちゃんは樹々を操り防いでいたはずだ。

「えーと、違いますね。そもそも、わたし達は女神オリンピア……。むぅ、アヤメさんを『偽りの勇者』だなんて名付けた女神の名前を呼ぶのはあまり面白くないですね」

「アイリスちゃん、話が脱線しているよ」

「はっ！」

〈クゥン〉

なにやら黒い感情を沸々とさせていたアイリスちゃんに俺はやんわりと話の軌道修正をする。不穏な雰囲気に、抱かれているジャママも若干怯えていたし。

「こほんっ、それでなんですけども、わたし達には技能と呼ばれるものは存在しないのです。そもそも、職業なんてものからしてありません」

「それは、いや、そうか。技能は職業に沿ったもの。職業がないなら、技能がないのは道理だね」

つまりエルフは女神の加護を受けていない。いや、必要ないということだろう。

「はい。代わりにわたし達が得ているのが精霊と呼ばれる自然の化身との対話能力です。例えば、先ほどアヤメさんが仰っていたのは、森の木霊の協力を得て植物を操作する【木霊との語らい】です。そしてもう一つが属性の化身である精霊との協力を得て行使する【精霊魔法】です。こちらは主に水、風、火、土ですね」

「水、風、火、土か。その属性は『魔法使い』と一緒なんだね」

『魔法使い』は操れる属性が基本一種類だ。それでも強力だが、中でも飛び抜けて優秀かつ強大な魔法を扱える人は更に『大魔法使い』の称号が与えられることがある。

そう、幼馴染のメイちゃんみたいに。

「『魔法使い』は確かそれぞれが一つの属性しか扱えない人のことですよね？　でも、わたし達は精霊と対話することで魔法を行使しているので、扱える自然現象に出来ないことはありません」

「それは、つまり全ての自然を扱えるということか？」

「扱うというよりは、現象を引き起こす、ですね。まぁ、すごいのはわたし達じゃなくて精霊達の方なんですけどね。それに流石に一人では出来ないことも沢山あります。精霊が全く居ないところでは無力になりますから」

確かにそれだけ聞くと自ら魔法を扱える『魔法使い』の方が優れているように聞こえる。だが、逆に言えば精霊さえいればエルフは彼らの協力を得られるというわけだ。エルフは『自然の調停者』と呼ばれるだけあり、俺達人間よりも遥かに共存している。

「けど、それを俺に話して良かったのか？」

「あっ」

意気揚々と語っていたアイリスちゃんだが俺の言葉に口元に手を置いて目を見開く。やっぱり、話しちゃダメなやつだったんだね。

「あ、う、で、でも、アヤメさんは信頼出来る人です。うっかりぽっかり、誰かに話したりはしませんよね？　ね、ね？」

「さて、どうかなぁ？」

「アヤメさぁん⁉」

俺の言葉に、アイリスちゃんが慌てる。無論俺に彼女の信頼を裏切る気は毛頭ないが、つい揶揄いたくなった。というか、うっかりぽっかりってなんだろう。

〈カウッ！〉

「アタタタッ⁉」

俺がアイリスちゃんをいじめていると思ったのか、吠えると同時にジャママが足に噛み付いてくる。言葉ほど痛くはないが、からかい過ぎたと反省する。

「冗談が過ぎたよっ。ごめん、アイリスちゃん、ジャママ」

「あわわ、ジャママ。あんまり強く噛んじゃダメですよ。アヤメさんも本気で言っていたんじゃないんですからっ」

〈グルル……〉

アイリスちゃんが仲裁してくれたことで、ジャママも噛み付くのをやめてくれた。噛まれた所をさすりつつ、ふと俺はあることを思った。

「アイリスちゃん、氷はないのかい？　確か『魔法使い』の中には氷を扱える者もいたはずだが、氷の精霊はいないのか？」

こんなことを思ったのは氷を扱う強大な存在を、俺は知っているからだ。

魔王軍八戦将『氷霧』のスウェイ・カ・センコ。太陽国ソレイユにおいて随一の『火の大魔法使い』メアリー・スージーを相性の差すら覆し、完封した怪物だ。

だからこその単純な、純粋な疑問。しかし、アイリスちゃんは困った表情を浮かべた。

「え、と。氷……ですか。そうですね……」

「すまない。気を悪くしたならいい。ごめんね」

「いえっ、アヤメさんが悪いわけではないんです。実際に氷の精霊自体は、存在はするんです。厳密には水の精霊が変質したもので、どちらも同じというわけになりますので特に問題はないんですけども……」

ここでアイリスちゃんが瞳に困惑の色を浮かべた。

「わたしも、本当は詳しくは知らないんです。でも、里の大人達はひどく氷を操る者について語りたくないみたいでして。口に出すのも禁忌とされているんです」

「禁忌？」

氷が？　『自然の調停者』と呼ばれるエルフが自然の化身である精霊を差別するようなことをするのか？

いや待て、アイリスちゃんは氷を操る者と言っていたな。

者、つまりは人物。ということはエルフ自体が氷の精霊を差別しているわけではない。

エルフの中に氷を操る者がいた？　そしてその存在をエルフは禁忌として忌避している？

「アヤメさん？」

黙り込んだ俺を心配したのか、アイリスちゃんが心配そうに覗き込む。

俺はハッとする。詮索するのはよそう。彼女もあまりこの件に突っ込まれたくはないだろう。俺は態とらしく笑みを受かべ、話題を逸らす。

「なんでもないよ。少しだけ自分のこれからの方向性について歩むことが出来るようになっただけだよ」

「アヤメさんが自分に自信が持てるようになったのは嬉しいことです。けど、なんか技ってだけでは味気ないですね。はっ！　そうです！　絶技って名前にしましょう！」

「絶技？」

「技能がないアヤメさんだからこそ出来る、剣の巧みと身体能力が合わさった力、それが絶技です！　わたし達エルフの弓を扱う妙技から着想を得ました！」

なるほど、絶技か。技能に対して俺だけが持つ技。

勿論、剣には剣術というものがあるけれどそれらも殆どが技能によって構成されている。なら、俺のそれとは似て非なるものなのだろう。

「絶技か。良いね。次からはそう名乗るよ」

「はい！　でも鍛錬に関しては少し自重してもらいたいですけど。ここだけ除草されたみたいになってますよ」

「あっ、それはその、ごめん」

俺の周りの草や木は剣によって刈(か)られていた。

ゴメンと頭を下げたら、別にこの程度なら問題ないのですと言ってアイリスちゃんが何やら唱えると直ぐに元に戻っていった。

次からはもうちょい抑(おさ)えよう。だが、もう一つ気になったことがある。

(エルフに技能(スキル)はない。それは女神オリンピアの加護を受けていないということ。なら、アイリスちゃんは何故(なぜ)、癒しの『聖女』として選ばれたんだ?)

彼女らエルフの生態を聞いて思った疑問。だけど、俺はそのことを尋(たず)ねるタイミングを逃(のが)し、そのまま今度でいいかと棚上(たなあ)げした。

◇

「それで次の街までは、あとどれくらいなんでしょう?」

「う~ん、フィオーレの町で聞いた限りだと馬車で四日だから徒歩だと十日くらいかな。今は六日歩いているし、早くて二日後かな?」

俺達は次の町を目指して歩いていた。当たり前だけど町と町の距離というのは、かなり遠く俺達がこうして歩くのは六日も経(た)っていた。

そのせいか少しばかり食料が心配になって来た。

「こうしてみるとやっぱり遠いですね。馬でも借りるべきだったでしょうか？」

「運悪く馬車の便がなかったからね。それにロメオくん達のこともあったから借りていく暇がなかった。アイリスちゃんは歩くのは嫌いかい？」

「いえ嫌いではないのです。元々里の外は自然のままの環境の森で生きてきましたから。魔獣を倒すことも、木登りも得意です。雲を貫くほどの樹を登ったこともあるんですよ？」

「雲を貫くっ⁉　凄いな、それは。太陽国ソレイユのヘリオス城より高いじゃないか」

「えっへん！　でもわたしはいつもびりっけつでした。他の同年代と比べたらわたしは身体が貧弱な方です。ですので、守ってくれますよね？」

「それは勿論」

「えへへ～、やっぱりアヤメさんは素敵です！」

こんな風に会話するのもいつものことだ。それでも周囲を警戒することは怠らない。だが仮に俺が周囲を警戒しなくても大丈夫だろう。

何故なら俺達の先を歩くのはジャママだ。ジャママはやはり魔獣なのかそういった気配に対して鋭敏だ。前に夜に俺も気がつかなかった小さな蛇にも気付いた。

それほどジャママの能力は優れている。これも、魔獣が持つ力の一つだろう。

〈ガウ〉

すると先頭を歩いていたジャママがピクンと歩みを止めた。

「あれ？　どうしたんですかジャママ？」

〈ガウッ！　ガウッガウッ！〉

「わっ、本当にどうしたんですかジャママ！」

突然ジャママが吠え出したかと思うと走り出し、森に消えていく。

「ジャママ！」

「何だかのっぴきならないことが起きてそうだ。追おう！」

「は、はい！」

俺とアイリスちゃんはジャママを追って森の中に入った。

山の中の道はかなり悪い。歩きでも泥や木の根に足を取られたり、鋭い葉っぱで皮膚が切れたりすることがあるのに走るとなるとその危険性は増す。

しかし、走るのは俺とアイリスちゃんだ。俺は長年の戦闘経験からこの程度なら慣れているし、アイリスちゃんも森が庭のエルフ。どちらも転ぶことはない。

注意すべきは木々に遮られ小さいジャママを見失う危険があることか。

だが幸いジャママはある程度進んだ先、崖の手前で止まっていた。

「ジャママ、勝手に行っちゃ駄目ですよ！」

「一体どうしたんだジャママ。急に駆け出すなんて」

〈カァウ。ガゥゥ！〉

ジャママはアイリスちゃんに抱えられるも此方に振り向かず吠える。

一体なんだろうか？

俺が覗くと崖の下、そこで一団が多数の狼魔獣に襲われていた。

大きな戦鎚を持つ大柄な男性が前線に立ち、後ろに弓を構えた青年と魔法使いらしき装いをした女性が、この場に似付かわしくない気弱そうな男性を守りつつ戦っている。

しかし、あまりにも数が多い。俺は即座に決める。

「アイリスちゃん、俺は出る。君は」

「いえ、わたしも行きます！」

〈カウッ！〉

「わかった。気をつけてついてきてくれ」

アイリスちゃんを待機させようかと思ったが、彼女もあの状況を見て待っているだけでは嫌だったらしい。別の魔獣が彼女の周囲に現れる可能性も考え、俺はついてきてもらうことにした。一足先に俺は飛び降りる。

弓の青年の援護をくぐり抜けて、死角から戦鎚の男性に襲いかかろうとした狼魔獣に、俺は真上から猛然と降りてきて斬り伏せた。

「貫け、〝緋華〟!!」

〈ウォンッ!?〉

「なっ!?　誰だあんたは!?」

「援護する！　あと少しだけ耐えていてくれ！」

戦鎚を持った男性の声に答えつつ、更に数匹斬り捨てる。突如として現れた俺に、狼魔獣達の動きが今度こそ止まる。

「誰だか知らねぇが、援護してくれるならありがてぇ！　よっしゃいまだ！　【一撃粉砕】」

〈キャオォン!?〉

大振りに戦鎚を振るい、狼魔獣を吹き飛ばす。吹き飛ばされた狼魔獣は周囲の狼魔獣を巻き込み、更には木にぶつかって木を倒した。

凄まじい威力だ。あれならきっと巨大な岩であっても容易く割れるだろう。

狼魔獣達は俺達と戦うのは分が悪いと判断したのか、背後の三人に襲いかかる。

「わっ！　こっち来た！　何とかしてよランカッ！」

「くっ、【必中・一の……って、なんだこれ!?」

弓使いの青年が矢をつがえようとした時、突然彼らの足元からわさわさと植物の根が生えてきた。狼魔獣はそれに遮られ、背後の三人は驚く。

「わわっ！　なんか地面から生えてきた!?」

「お、おぉ、こんな現象はじめてみましたよ！」

「シ、シンティラさん！　触れたら駄目ですよ！　もしかしたら魔樹の類かもしれない！」

俺は木の根に捕らわれた狼魔獣を斬りとばし、言葉を投げかける。

「安心してくれ、それは魔樹じゃない。君達を守ってくれる結界みたいなものだ」

「え？　そ、そうなんですか。というか、貴方誰ですか!?」

「話は後にしよう！　まだ来る！」

直ぐに翻し、俺の隙を見て噛み付こうとした狼魔獣の口の中へ鞘を思い切り突く。思ったよりも強く突いたせいか、狼魔獣の脳漿までぶちまけた。

「へっ、助かったぜ。まぁ、まだ危機を脱したとは言えねぇが」

「お礼は後で良いよ。それよりも、確かにこの数は厄介だね」

既にかなり倒したが引く様子を見せない。倒せないことはないが、骨が折れそうだと思っていると崖から降りてきたジャママが俺の前に来て、唸り声をあげる。

〈ガルル！〉

「ジャママ？」

「おぉ、何だこいつ。こいつらの親戚か？」

ジャママは狼魔獣達に対して威嚇する。戦鎚を持った男性もジャママに驚いている。

その体格差は余りにも大きい上に、数も向こうのが上。危険だから下がれと言うより前にジャママが雄叫びをあげた。

〈ガゥ！　ガァァァゥッッ‼〉

向こうからすれば自分達よりも小さいはずの子狼。

だがその声を聞いて、ぶるりと狼魔獣達は身体を震わせ、一目散に去っていった。

〈ガゥ〉

「退いた。今のは、ジャママに驚いたのか？」

どうだ、と言わんばかりに此方を見るジャママ。その顔は何処か得意げだ。

狼というか狼魔獣もだけど両者は魔獣としての種類が比較的近い種類だ。もしかしたらジャママの〝金白狼〟としての潜在能力を見抜いたのかもしれない。

「そっちは大丈夫か？」

「あ、はい。こっちは大丈夫です。でもこの木、魔樹ではないと言いましたが一体何が」

「それはわたしの技なのです」

アイリスちゃんが伸びた根っこの一部を器用に掴んで滑ってくる。そのまま着地し、木の根を解除する。木の根は元の土の中へ消えていった。

「よっと。今治療するのです。傷を見せてもらえますか？」

「嘘っ！　耳が長い！　もしかしなくてもエルフ⁉　うわぁっ、すごい！　あたし初めて見た！　それに凄く可愛い！　お人形さんみたい！」

「本当だ！　すごいことだよ、これは！」

「まさか本に伝承される存在に会えるとは。人生何があるかわからないものですね！」

根っこに守られていた三人がアイリスちゃんを取り囲む。

「……あの、集まるのは良いですけど早く傷を見せてもらえませんか？」

「あ、ごめんね。あたしはミリュス。さっきは助けてくれてありがとう」

アイリスちゃんの少しだけムッとした表情に、魔法使いの少女が代表して謝る。

アイリスちゃんはそのままバッグから治療薬を取り出して、彼らの治療を始めた。

それを見た俺は周囲にもう魔獣の気配もないことから、血脂を拭き取り、剣をしまう。

すると戦鎚を肩に抱えた男性が話しかけてくる。

「悪ぃな、助かった。オレは冒険者のバディッシュ。呼び捨てで良いぜ。よろしくな」

「こっちが好きでやったことさ。俺はアヤメだ。こちらこそよろしく」

差し出された手を俺は握り返す。

「あれだけの数の狼魔獣に囲まれるなんて災難だったね」

「全くだ。本調子ならあんな魔獣どもに対して後れは取らないんだがな。ちと、先の戦いで負傷した後でな。不覚をとった。はぁ、情けない限りだぜ」

「先の戦い？」

溜息を吐くバディッシュの代わりに、ランカと呼ばれた、弓を持つ雰囲気が柔らかめな印象の青年が答える。三人の中で傷が浅く、直ぐに治療が終わったようだ。

「実は僕達依頼を受けていまして、それ相手に戦って負けた後に先程の狼魔獣に襲われたんです。それでその相手なんですが、飛竜なのです」

「飛竜か。それはまた、随分な大物だね」

飛竜は空においては右に並ぶ者がいないとされる魔獣の一種だ。

人には出来ない飛行能力、弱い武器では歯が立たない硬い鱗、鉄すらも焼き尽くす火炎ブレス。そのどれもが強力だ。生半可な装備では返り討ちにあうだけだ。

そんな会話をしているとまた別の男性が前に出る。上から見たときにもわかった、戦場に似付かわしくない雰囲気の男性。分厚い手袋に、焦げ茶色のエプロンと丸い黒縁メガネが特徴的な男性だった。それと何というか、焦げ臭い？　特徴的な臭いのする人でもあった。

「その依頼はボクが致しました。初めまして、ボクはシンティラと言います。まずは先のお礼を申し上げます」

「初めまして、俺はアヤメだ。それでそっちのエルフの女の子がアイリスちゃんで、小さい子狼がジャママだ」

「バディッシュバディッシュ！　凄いんだよ、この娘が治してくれた跡、全然痛くない！　それにこの子狼もすっごく可愛い！」

〈カ、カゥゥ〉

「あ、あの、ジャママが嫌がっているのでやめてあげてくれませんか？　それかせめて優しく抱っこしてあげてください」

ジャママを抱き締めるミリュスさん。毛並みは撫で回されたのかくしゃくしゃで、ぐてっとしている。どうやら相当撫でられたらしい。

「それでその、バディッシュさん。依頼ですけど継続出来そうですかね？」

「無理だな。やっぱ飛竜相手にこの人数だと厳しいわ。かといってオレらでも無理だったなら他の冒険者が数にものを言わせて受けても同じだろう。一応オレらも街じゃそれなりの腕を持つチームだからな。数だけが取り柄のチームじゃ殆どがブレスで焼き尽くされる。やっぱ、リスクとリターンが釣り合わねぇわ」

「そんなぁ」

シンティラさんは、肩を落として落ち込む。依頼をしていたのは彼だったか。

本気で肩を落とす様を見ていると可哀想だけど、命を懸ける狩りと考えるとバディッシュの方が正しいのは俺も理解出来た。

「アヤメさんアヤメさん、話を聞いていましたけど飛竜程度ならアヤメさんなら狩れるんじゃないですか？」

バディッシュの治療をしながらアイリスちゃんはこんなことを言った。

気軽に言ってくれるね、アイリスちゃん。彼女の中で俺は何でも出来る人になっているんじゃないか？

確かに飛竜を倒したことは何度もあるし、そもそも飛竜というのは幾つかの弱点がある。これは飛竜種全般に言えることだが先ずは飛竜の尾を切断すれば、著しく飛行能力が低下する。簡単に言うとバランスが取れなくなるのだ。飛行能力を奪うという点では翼を切断するよりも簡単に飛行能力を奪える。

そして上空からの攻撃には無警戒で非常に弱い。まぁ、これは仕方ない。そもそも上空では同じ竜種以外天敵がいないのでどうしても警戒心が薄れてしまうのだろう。

「う～ん、そうだね。狩れないこともないかも？」

しかし今まで飛竜を倒してきたのは聖剣ありきでの話だ。正直身体の調子に関しては格段に良くなったとは言え、武具に関しては不安が残る。確かにファッブロに貰った剣は頑丈だが長い時を生きた飛竜の鱗を傷つけられるかは疑問だ。

だから疑問形だったのだがシンティラさんは顔を輝かせ詰め寄る。いや、近いよ。

「本当ですか⁉　でしたら是非とも、是非ともお願いしたい！　お金も払います！」

「い、いや。あくまで〝かもしれない〟ってだけで、確証を持って言える訳じゃないから。それにこっちにだって狩るのに準備やら何やら必要なんだよ」

「それはっ、しかしそれでは《大輪祭》に間に合わないのです」

「《大輪祭》？」

何だろうと首を傾げるとランカくんとミリュスさん達が説明してくれる。

「《大輪祭》ってのは、この先の商業都市リッコで開かれる祭りですよ」

「凄いのよ。夜空を赤青緑黄、紫って色んな色の花火が打ち上がって照らすの！　その姿は見るものを魅了するほど幻想的よ」

「まぁ、音に関しては五月蠅いがな」

「五月蠅いとは失礼な！　バディッシュさん、貴方はあの腹に轟く重厚な音、鼓膜を震わす気高い鼓動を五月蠅いとは、花火の良さを何一つ分かっていない！」

「まぁまぁ落ち着いてくださいよ、シンティラさん」

憤るシンティラさんをランカくんが両手を上げて抑える。

「なるほど、それでその《大輪祭》とやらに何かしら飛竜の素材が必要となったって訳か。しかし、本当に飛竜を狩るとしたら人数も装備も足りてないんじゃないかい？」

「いやオレ達も飛竜を狩れるとは思っていないさ」

「え？　どういうことだい？」

バディッシュはちらりと宥めているライカくんと憤るシンティラさんを見て声を潜める。

「依頼と言えば依頼だが、本当はシンティラさんが勝手に突っ込んで死なないようにする為のお目付役って所だな。あいつ、工房でも有名な周りが見えない奴で、熱意はあるがそれは若者特有の無鉄砲さと言っても良い。流石に死なれたら寝覚めが悪い。だから適当な所で引き上げるつもりだったんだが」

「運が悪いのか良いのか、見つけちゃったんだよね。あたし達」

「あぁ、それで戦闘に入ったんだが飛竜自身の強さとシンティラさんに危険が及びそうになって逃げてきたんだ。で、その帰りにさっきの狼魔獣どもだ。ったく、運が悪いぜ」

「言っちゃ悪いけどシンティラさんがいなかったら、もしかしたら倒せたかもしれないの。シンティラさんを襲う魔獣がいないか気を取られていたところもあったから。でも、シンティラさんしか飛竜の必要な部位がわからないし、直ぐに保存しないとダメになっちゃうからって一緒に来るしかなかったんだよね」

「危険だとは言ったんだがな」

バディッシュとミリュスさんは揃って溜息を吐く。

「それでシンティラさんはああ言ってるが、どうする？　正直部外者のアンタが無理に手伝う必要はねぇぞ。少なからず命の危険があるしな」

「いや、手伝うよ。乗りかかった船だ。それにシンティラさんの、《大輪祭》に懸ける想いも本物だと感じた。なら手伝いたい」

「そうか、悪ぃな、こちらの都合に巻き込んで。だが時間もない。食料の問題もあるし《大輪祭》の開催時期も近い。正直あと三日が限度だ。オレらは運良く二日で見つけたが、またそんな奇跡が起きるとは考えられん」

「三日か。この森の規模を考えるとかなり厳しいと思うな」

「ちょっとすみません。話を聞いていて一つ思い浮かんだことがあるのです。何か、飛竜の手がかりとなるものはありませんか？」

横から話を聞いていたアイリスちゃんが問いかける。

「えっと、ねぇバディッシュ。確か鱗が一枚だけあったわよね？　戦闘中に拾った奴」

「あぁ、たしかあったな」

「ならそれを貸してください」

「良いが何に使うんだ」

その言葉にアイリスちゃんはとびっきりの笑顔をした。

「簡単ですよ、魔獣を狩るんですから魔獣の力を借りるんです。ねっ、ジャママ」

〈ガゥ？〉

アイリスちゃんの視線にジャママは首を傾げた。

◇

アイリスちゃんの案は、ジャママに飛竜の匂いを覚えさせて追跡するというものだった。狼の嗅覚は鋭い。確か一説には、貴族が飼う番犬よりも鋭いと言われているという。恐らくジャママはそれでバディッシュ達の血の匂いを嗅ぎつけたのだろう。

なら飛竜の匂いを辿るのもそう難しくはないだろう。

俺達はバディッシュ達に貸してもらった、戦った際に一枚だけ拾った鱗の匂いを辿って探し続けた。虱潰しよりかは格段に追跡出来る。

そうして探索すること数時間。急勾配の坂で大小様々な岩がゴロゴロとしている場所。

数少ない植物が生えるだけで、余り魔獣の住処としても適さないであろう。

そんな中で赤い鱗の飛竜は毛繕いならぬ、鱗繕いをしていた。

「あの額の傷、間違いねぇ。オレが傷つけた飛竜だ」

「成る程、あれが君達を襲った飛竜か。あれは若い個体だな。尾がまだ未熟だ。これならこの剣でも何とかなりそうだ」

飛竜は年齢を重ねるごとに尾が太くなり、鱗も硬くなる。飛竜の鱗で作った鎧が、鉄の剣を弾いたという逸話からその強度が窺える。

しかし若い個体ならば頑丈さに重きを置いたファッブロの剣でも通じるかもしれない。

飛竜の背後も急勾配の坂。大きな岩がゴロゴロしていて隠れる場所にも、ジャンプ台にも困らない。

うん、いけそうだ。余り時間をかけて飛び去られたら厄介だ。

早速俺はバディッシュ達に近くの森に隠れてもらい行動に移した。

気配を殺し、息を潜める。『暗殺者』の【隠密】には劣るけれど、それでも飛竜は俺に気付けていなかった。

手に小石を持ち、飛竜の顔の斜め前に放り投げる。

〈ギイウ？〉

飛竜の注意がそっちに向いた。

その隙に俺は最小の動きで岩に登り跳躍する。そしてそのままの勢いで鱗の隙間を狙って、〝緋華〟を繰り出すことで鱗の隙間、肉を切り、骨を断つことで尻尾を切断する！

〈ギャオォオォォォォッツ!?〉

突如として尻尾を切断された飛竜は悲鳴をあげる。そして俺に気付いた飛竜は爬虫類特有の目を見開く。

〈ギャオォォ！〉

飛竜は突進し噛み付いて来た。噛みつきを躱しても、サイズの違いからかなりの質量を持つ、身体に当たればタダではすまないであろう突進を、俺は冷静に回避する。

すれ違い様に、更に翼膜を傷つけておく。こうなればもし飛んでも上手く飛行出来ずに墜落する。

「どうしたんだい？　天下の竜が人間一人に手間取るなんて、軽率が過ぎたかな？」

〈ギ、ギィイ!!　ギャガァァァアッツ!!〉

俺の物言いに怒った飛竜は口内に炎を溜め、吐き出した。

これが飛竜を最強の種としてその名を知らしめる火炎ブレスだ。

すさまじい熱気の炎が襲いかかる。だけど俺はそれを、身を低くして躱し、飛竜の頭の下に滑るように走り込み、そして――

「火炎ブレスってのは、威力は高いけど自らの視界を狭めるのが弱点だよ！　〝緋華〟！」

顎下から剣を突き刺す。顎下は鱗に覆われていないから細かく狙いをつける必要がない。

飛竜が悲鳴をあげる。竜種の中でも飛竜は顎の力が弱い。地竜や水竜と比べればかなりの差がある。そしてこうすれば得意のブレスを撃てなくなる。

とは言えこれで俺は武器がなくなったわけで。

俺はアイリスちゃん特製のあの煙玉を撒いてその場から離れる。傷口に染み、痛みに悶える飛竜を他所にこちらを見ていたバディッシュらの肩を叩く。

「それじゃ、後は頼むよ。俺は武器が無くなっちゃったから。一応相手の攻撃と飛行手段は無くしたから今なら君達も狩れると思う。後、あの煙は吸わない方が良い。吸えば痛みでのたうち回ることになるからね」

「えっ!?　ここまで来て投げるの!?」

「よっしゃ！　いくぞ、お前ら！　飛べない飛竜なんぞ、ただのデカイ蜥蜴だ！」

「そうだね、ブレスも撃てないなら怖いものは何もない。火傷の借りは返させてもらう！」

「バディッシュ！　ランカ！　あぁ、もうどうして男ってのはこう、血の気が多いのかな！どうなっても知らないから！」

駆け出す三人を尻目に俺はシンティラさんとアイリスちゃんの所まで戻ってきた。

「す、すごい。あの飛竜相手に殆ど完勝だなんて」

「お疲れ様ですアヤメさん！　やっぱりアヤメさんは凄いです！」

「ん、ありがとうアイリスちゃん。でも彼らもすごいよ。焚きつけたとはいえ、人々が恐れる竜に向かってあぁも果敢に攻めにいけるなんて」

飛行も、火炎も撃てなくなった飛竜など彼らにとっては造作も無い相手らしい。見事な連係で飛竜を追い詰め、遂にはバディッシュの戦鎚が飛竜の頭を砕いて倒した。

三人は武器を上に掲げて喜んでいる。

人ではなく、魔獣相手に戦う彼らの戦いは遠くから見て非常に洗練され協調性に優れていた。俺がお膳立てしたのもあるが、それ抜きにしても彼らの連係は卓越していた。

バディッシュが言っていたけど、冒険者、か。勇者として働いていた時代は余り意識したことはないけど、魔獣との戦いに関しては向こうの方が手練れかもしれない。

俺は少しばかり冒険者というものに興味が湧いた。

「ほら、アンタの剣だ」

「ありがとう」

バディッシュから剣を受け取り、血を拭き取り、刃こぼれの確認をした後、鞘に納める。

討伐した飛竜はバディッシュからの提案で三人が解体してくれていた。シンティラさんも一緒になって手帳とその内臓を見比べている。

「これじゃないかな？」

「いえ、それは腎臓です」

「こっちじゃないの？　よくわかんないけど」

「それは膀胱らしいですね。因みに破れるととても臭いらしいです」

「えっ⁉　いやぁ！　手についた‼」

「ちょっ、こっちに飛ばさないでくださいよ！　臭っ。何するんですか！」

途中ミリュスさんとランカくんが喧嘩しながらも解体は進んでいく。

「ありました、〝爆裂炎袋〟！」

パァッと明るい顔でシンティラさんがそれを引きずり出す。手には一抱えはある内臓があった。うへぇ、こうして見るとやっぱり内臓ってのは、ぐろいね。

取り出されたひと抱えはある内臓は丁寧に瓶に入れられた。

「飛竜のブレスの源にもなっているこの器官は、中の魔力が溶け込んだ液体の成分によって、より強力になるといいます。これを花火の玉に少量加えることでより花火を大きくすることが出来ます。更にその分花火に詰められる色を多くすることが出来、より多彩な色を引き出すことが出来るんです」

「へぇ。なるほどなぁ」

「あの、シンティラさん。飛竜の内臓は、もう他のはいらないのですよね？」

「ん？　ええ、そうですが」

アイリスちゃんは取り出された内臓の方に近寄る。

「はーい、ジャママ餌ですよ～」

〈ガウッ！〉

〝爆烈炎袋〟以外の内臓はシンティラさんは要らないとのことでジャママの餌となった。食べきれない部分は後で地面に埋めておく。魔獣が寄ってきても困るしね。ジャママはガツガツと内臓を美味そうに食べていた。こういう所は魔獣らしいな。普段は犬っぽいけど。

　こうしてジャママが内臓を食べ尽くす頃には解体は終わっていた。というかジャママ食べ過ぎだろ。何処にあの量の内臓が詰まったんだ？

　その間にも、ランカくん達は飛竜の処理を完了させる。

「よし、これで血抜きは完了です。後は荷台に載せて運ぶだけですね」

「そうだな。それでだがアヤメ、飛竜を売却した分の金の八割をアンタに渡したいと思う」

「え？　良いのかい？　それだと君達の取り分が殆どないんじゃ？」

「あぁ、どのみちオレ達だけじゃ飛竜を倒せなかったしな。そのくらいは当然だ。だから飛竜の素材で欲しい所があったら先に言ってくれ。ギルドへの報告と、多分素材を売って欲しいとギルドの方で言われるから全部は無理だが優先的に渡すからよ」

　んー、どうしようか。飛竜の素材の武具は確かに魅力的だけども今の所どうしても欲しいというわけでもない。そもそも加工することが出来る人材がいるかも不明だ。

　それよりもお金が欲しい、いや切にそう思う。確かにジャママの親であった〝金白狼〟の討伐でオーロ村からお金は貰ったが、装備を買うとなると厳しいものがある。

　アイリスちゃんは「足りない分はわたしが払いますよ？」って言ってくれてるけど、このままアイリスちゃんのヒモとなり続けるのは色々と男としても大人としても俺のなけなしのプライドがチクチクと痛む。

「いや、いいよ。俺は金が貰えればそれで」

「本気か？　飛竜の素材だぜ？　中々手に入るものじゃないと思うけど」

「装備を作るツテがあるわけでもないし、今の所は入り用なものが何もないからね。それよりも情けない話だが、ちょっと懐事情がね」

「そうか、わかった。それじゃ、帰るか。シンティラさんも帰るぜ」

「ふむふむ、やはりこの袋の粘液は他に類を見ない特殊な物であるのは違いない。流石は飛竜。この中に七輪花と青色鉱石、そして不純なき魔石を混ぜたら一体どのような色合いの花火が出来るだろうか」

「ダメだ、聞いてねぇ」

やれやれと肩をすくめるバディッシュに俺達は皆笑った。

◇

「あれが商業都市リッコだ」

「へぇ、あれが」

やがて俺達は目的地に着いた。遠目に見るだけでもかなり大きな街であることがわかった。何故なら視界一杯に広がる壁に門の前に並ぶ馬車商人達の数が非常に多い。

つまりそれだけの商人が此処を訪れるだけの価値があるということだ。

実際、商業都市リッコの周りは山が多く魔獣も多く生息している。唯一此処が平らな地域で、そこに商業都市リッコが建設されて以降、太陽国ソレイユを始めとする魔界に近い国々と遠くの国々を結ぶ重要な中間地点として栄え、今や殆どの商人がここを通って移動しているらしい。

「あぁ、そうでした。よっと」

アイリスちゃんがウサギ耳みたいなフードを被る。

「またあの時みたいに変なのが来たら困りますからね。どうですか、アヤメさん」

「あぁ、可愛いよ」

「えへへ～、ってそうじゃないです！　変ではないか聞いたんですよ、もうっ」

アイリスちゃんのフードにはウサギ耳のようなものがある。似合っているからこそ褒めたのだが、ちょっと違ったらしい。可愛らしいのは本当なんだけどね。

俺はバディッシュ達の後ろについて行きながら、門を潜るのを待った。

暫し時間がかかったが、俺達は無事に検問を抜けて街に入った。

実は少しばかりジャママで揉めた。『魔獣使い』の契約魔獣ならともかく、子狼とは言え街に魔獣を入れるのは難儀を示した。

けども、バディッシュの言葉と少しばかり金を渡すことで通ることが出来た。

ただ鎖を首輪につけることにはなった。因みに自腹だ。

〈ガゥゥ……〉

首輪のせいか、本当に犬みたくなってきたな。ジャママも不満そう、いや、これは俺が手綱を握っているのが不満と見た。流石にアイリスちゃんが握ると振り払われるのでは？

と、門番に言われたのだ。

「自分は早速、親方にこれを渡そうと思います！　報酬はギルドに予め渡してあるので受け取ってください！　もし何かあればダルティス工房に来てください！　それでは！」

都市に入るやそれだけ言ってシンティラさんはさっさと人混みの中に消えていった。大事そうに飛竜の内臓が入った瓶を抱えて。

「忙しないね、本当に」

「だろ？　だから誰かが手綱を握らなきゃならねぇ。それよりも冒険者ギルドはこっちだ」

バディッシュの案内に従い俺達も後ろについていく。

道中多くの人が荷馬車に引かれた飛竜を、そして荷馬車を率いる俺達を見る。

つまり非常に目立っているということだ。

しまったな。俺もシンティラさんみたいに途中で理由をつけて離れとくべきだったか。

そして、あとで報酬を貰えばよかった。だけど今からいなくなるのは余りにも不自然だ。

そして、ここで挙動不審になるのはおかしいかと、俺は胸を張ることにした。

一方でアイリスちゃんは目に映るもの全てにはしゃいでいた。

「アヤメさんアヤメさん！　見てください、町で見たよりも大きな建物が沢山あります！」

「そうだね。やはり町と都市では、建てられる建物の規模も何もかも違う。見てみなよ。

彼処に噴水があるよ。フィオーレの町のよりも大きい」

「本当ですね！　中央にある石像も立派です」

「はははっ、エルフからすればやっぱり人の街ってのは、珍しいのか？」

話を聞いていたバディッシュが尋ねてくる。残る二人も興味深そうに振り返ってくる。

「そうですね。わたし達は森に文明を築いてはいますけど、やっぱり人のそれとは別方向なんです。例えば、里にある家は全て木の上にありますし、それぞれを繋げる蔦で出来た橋もあります。更には〝蛍キノコ〟と呼ばれる淡い青光を発光するキノコが夜であろうとわたし達の里を照らしてくれています」

「へぇー、今すっごく貴重な話を聞けたかも。エルフって、そんな風に住んでいるんだぁ。あたしもいつか行ってみたいなぁ」

そんな会話をしつつも、色々な建物を見てははしゃぐアイリスちゃんや美味しそうな匂いに釣られそうになっているジャママを抑えながらも、目的地に向かって歩き続ける。

「よし、ここだ。着いたぞ」

「へぇ、ここが」

着いたのは、周囲の住居よりも高い建物。看板には剣と盾が重なり合っていた。

「ここがこの街の冒険者ギルドだ。中々に立派だろ？」

「中には酒場や売り場も併設されているんですよ。冒険者ギルドに属すれば他の店より、ほんの少しだけ割安にしてもらえるので僕らも良く使っています」

「成る程。冒険者に合わせた施設も充実しているんだね」

俺も感心したように頷く。実際中々に立派な建物だ。

「おうよ。あ、そうだミリュス。ちっと隣の倉庫に話つけて飛竜をそっちに運んで置いてくれ。流石に中には持っていけないからな」

「分かったわ。それじゃ、アヤメくんもアイリスちゃんもジャママちゃんも、また後で」

ここでミリュスさんが一旦離れる。

隣の冒険者ギルドが建てた、魔獣や様々な商品を格納する倉庫へ荷馬車を引いて離れた。

「それじゃ、早速中に入ろうぜ」

バディッシュの案内で、俺達は冒険者ギルドに入った。

入った途端、俺が感じたのは独特の雰囲気。市場や騎士団の練習場とも違う、少しピリつきながらも喧騒があった。

俺は周りを見渡す。依頼を張り付ける壁のボードや、冒険者が依頼を受ける受付があった。その隣に木のボードがあり、依頼書が張り出されている。そこには複数の、バディッシュのような格好をした人達がいた。

「成る程、手練れが多いな」

装備もだけど、それ以上に実戦慣れした気配が漂っている。街の兵士達よりも強そうだ。

〈カゥカゥゥ〉

「ジャママ、ちょっとだけ我慢してくださいね」

酒場の酒の匂いでジャママが鼻先を押さえていた。

鼻の良いジャママにはキツイらしい。だけど今は我慢してもらうしかない。アイリスちゃんも、雰囲気に圧されたのか、すすっと俺の後ろにぴったりつく。

そんな様子を知ってか知らずか、バディッシュはずんずん受付に進んでいき、受付の女性に話しかける。

「おーう、今帰ったぜ」

「バディッシュさん達じゃないですか。お帰りなさい。あれ？　ダルティス工房のシンティラさんの姿が見えませんが、彼のお目付けだったはずじゃ？」

「まぁ、そのつもりだったんだけどな。シンティラさんは先に帰った。それでよ、実は飛竜の素材が一頭分手に入ってな。依頼料もだが、素材の買取をしてもらいてぇ」

「飛竜⁉　まさか討伐出来たんですか？」

話された内容に驚いた受付の女性は思わず大声を出しかけるも、其処は鍛えられた仕事人、すぐに落ち着きを取り戻して声を潜める。

「おうよ、まぁ《三星》の俺らにかかれば飛竜なんぞ、ささっと倒せるぜ」

「バディッシュ、嘘の報告はギルドからの信頼を下げますし、ペナルティもありますよ」

「わかってるって。今のは、冗談だ。倒したのは本当だけど、そこの二人の力を借りてな」

「二人？」

　受付の女性が俺達を見てくる。進んで挨拶をした。

「こんにちは。俺はアヤメ。そして」

「アイリスです。あとバディッシュさん、ジャママのことも忘れないでください。ジャママが居たからこそ貴方達に気付いたし、飛竜も追跡出来たんですよ」

〈ガゥ！〉

　アイリスちゃんに抱き抱えられたジャママが一吠えする。

　受付の女性はそんなジャママよりもアイリスちゃんを見て目を見開いていた。

「すごい美人」

　フードを被っているがそれでも正面から見るとアイリスちゃんの顔は整っている。

「わたしの醸し出すおとなのびぼーに当てられたのですね。ふふん、もてる女は罪なのです」

どや顔で誇るアイリスちゃん。確かに魅力的かもしれないけど、それが大人の魅力と言って良いのかどうか。どちらかというと完璧な人形に近い感じだ。

受付の女性も苦笑いしていた。

「あの、俺達は冒険者ギルドについてよく知らないんだ。詳しく聞いても良いかな？」

「あっ、はい。申し訳ありません！」

受付の女性は苦笑いを引っ込め、頭を下げる。

「先ず初めに冒険者ギルドについてどれほどご存じでしょうか？」

「悪いけど殆ど知らないんだ。バディッシュに聞いた内容ぐらいだけど、市民からの依頼を受けて魔獣を討伐するとか」

「大体はその通りです。市民から貴族、果ては国まで様々な依頼が此処冒険者ギルドには集まります。薬草の採取、馬車の護衛、魔獣の討伐から捕獲、調査などその仕事は様々です。そしてこれが冒険者ギルドの特徴なのですが、様々な国に冒険者ギルドは存在しているんです！」

「国を跨いで存在しているのか？　それはすごいね」

「はい！　ずっと昔にあった魔獣による被害を防ぐ為に二百年前の勇者様達によって設立された機関なんです。以来人々にとって無くてはならない存在です！」

二百年前。勇者。

あぁ、思い出した！　寧(むし)ろ何で忘れていたんだ！

〝金白狼(マーナガルム)〟の時もだけど、魔獣などを専門に相手をする機関、それが冒険者ギルドだ！

先代勇者ノア・ブラン・ゲオルギオスが、各地を回る中で魔物(まもの)の被害だけでなく、魔獣の被害に嘆(なげ)いている民を見て、積極的に魔獣を討伐し、それに感化された勇士達が国に頼(たよ)るのではなく、自分達で対処するようになった。そこに利を見た商人や国からの支えもあり、段々と規模が大きくなり、組織となった。それが冒険者ギルドだった。

『勇者の物語(ブレイブストーリー)』にも、勇者によって救われた人々がその後別々の場面で活躍(かつやく)するというのは良くあった。その間も、受付の女性は説明を続ける。

「また、ギルドではランクと呼ばれる階級で、受けられる依頼を分けています。最初の《無星》から始まり、一つずつランクが上がっていきます。その際にこうして星の一角を埋めていくんです。それで全てが埋まると、《光星(アストライアー)》と呼ばれるものが最高ランクです。といっても最高ランクの方はそれほど多くないのですけどね」

「参考までに一チームあたり何人程必要なのかな？」

「えっと確かチームとしては構成員が最少で三人、最多で二十名程のチームがあります。とはいえ、余りにチームの人数が多すぎると一人当たりの配当金がどうしても少なくなるので。でも、個人で《光星(アストライアー)》を獲得(かくとく)している方もいます」

　確かに、有名な強者となると何処(どこ)かの国に仕える方が多いだろう。強者が集いし《獅子(しし)王祭(おうさい)》で優勝し、勇者パーティの一員となったグラディウスみたいに。

　そう思うと、個人で最高ランクとなると、どれほど強いのだろうか。少なくとも今の俺よりも強いのは確実だな。

「そういえばバディッシュ達はどのくらいなんだ？」

「俺か？　俺達は《三星(トリス)》だな。所謂(いわゆる)中堅(ちゅうけん)あたりの実力だ。一応この街じゃ上の方だぜ」

「すごいね、君達ギルドからの信頼も厚い実力者じゃないか」

「飛竜の尻尾を切断した人が何を言うんですか。あんなの出来る人に言われても」

「全くだ」

　ランカくんに突っ込まれた。そしてバディッシュもその言葉に同意する。

　でも、そんな謙遜(けんそん)することないと思うけどなぁ。それに飛竜を倒したと言っても、それは俺だけじゃない。恐らく冒険者(ぼうけんしゃ)ギルドの最高位である《光星(アストライアー)》の人も倒せるはずだ。そしてアイリスちゃん以外のエルフにも倒せる奴はいるだろう。

　なんか、こう考えると飛竜を倒せる人が結構いるな。

「大体わかったよ。それで、もし良ければ規定を書いた書類とかあるかな？」

「ありますよ。少々お待ちください。……ありました、どうぞ！」

「ありがとう」

感謝の言葉を言って、受け取った資料の中を見る。

「む、むぐぐ、よく見えないのです」

「あぁ、ごめんよ」

アイリスちゃんにも見えるように屈んで一緒に見る。

いくつかの規則に目を止めながら、俺はパラパラと内容を読む。結構細かく規定がされていた。俺は内容を理解するためにキチンと読む。こういったことは適当に読むとひどい目にあうからな。真剣に読まないと。

「……ん？」

その内の一文に目が止まった。……へぇ、なるほどな。

「冒険者は依頼をこなすことでお金を得られ、市民は冒険者によって物事を解決してもらう。国は魔王軍との戦いだけに集中出来る。正に夢のような機関だ」

「はい！　それでどうでしょうか。飛竜を倒せる方となれば期待の新人です！　なので、冒険者ギルドに登録を!?」

「えぇ」

「謹んでお断りします」

俺は笑顔で言った。

◇

その後ギルドからの誘いを断った後、俺達は飛竜の売却に時間がかかるとのことで後日バディッシュ達と会う約束をして冒険者ギルドから離れた。

とりあえずとバディッシュは依頼達成の分のお金を全部俺にくれた。街に滞在するのにもお金がいるだろうという彼らの厚意だ。

勿論その分は後日、飛竜を売却した値段から差し引くよう伝えている。

街を歩く俺は改めて城塞都市リッコの人混みに驚いていた。

何度も言うけど人の数が段違いだ。オーロ村とフィオーレの町の時も人の数が違うという感想を抱いていたけどその比じゃない。

街を囲む強大な壁。至る所で開かれている露店。そして巨大な市場。そこを行き交う人々。

「アヤメさんアヤメさん、なんで冒険者にならなかったのですか？」

道中俺にアイリスちゃんが尋ねてきた。

「んー、色々と理由はあるけど聞きたい？」

「はいです！　だってこれから色んな国を訪れるなら冒険者の通行許可証は中々に魅力的だと思うのです。それを蹴ってまで登録しなかった理由が何なのか気になるのです」

アイリスちゃんは疑問に首を傾げている。しかし、何か理由があるのだろうと目は信頼で満ちていた。そのことが凄く嬉しくなる。

「そっかそっか、なら座って説明しようか。丁度昼食を取ろうと思っていたんだ」

近くの喫茶店に入り、少しばかり遅い昼食を取ることにする。俺はいつも飲んでいるコーヒーとこの店名物のパスタを頼む。アイリスちゃんはぬぬぬと真剣な顔で悩んだ後、サンドイッチにしたらしい。飲み物に桃のジュースとデザートに季節の果物も頼んでいた。ジャママにはハムをそのまま出してくれるよう店員さんに頼む。残念だがジャママがいるので店内ではなく、外席になってしまったけど俺もアイリスちゃんも全く気にしない。

先に出してくれたコーヒーを飲みながら俺は話をする。

「さて、何で冒険者にならないのかって話だけど一つは組織に属することで俺の情報が漏洩することを恐れたんだ」

「情報ですか？」

「あぁ。例えば俺の正体がバレるとしよう。まずその瞬間から冒険者ギルドに登録されていた俺の武器、戦法、直近に居た場所が全て割れてしまう」

何処かに所属すると当然自らの情報をある程度開示する必要が出てくる。特に冒険者の規則の中に職業を開示する必要があるのは痛い。馬鹿正直に書く必要はないが、俺は剣士であり誤魔化しが利かないのだ。

これが『魔法使い』や『黒の魔術師』『白の魔術師』といったものなら、ある程度別の職業を装うことが出来たけれど剣士に至ってはそんな器用なことは望めない。

「それに冒険者は国同士の争いに与するのも禁止している。まぁ、魔王軍という危機があるのに争う国があるのかっていう疑問はあるけど、これは俺にとって凄く不都合なんだ」

「それが何か問題があるのですか？」

「あるさ。アイリスちゃん、この際だから言うけど俺はもしこの先で誰かが不条理に不幸な目にあっていて、それをしている相手が更生の余地がない奴だったら、人を殺すことも厭わない」

思い出すのは勇者の時に魔王軍を追い出したあの国だ。

あの国は魔王軍が攻め入るより前から民が王より重税をかせられて苦しんでいた。

確かに俺が魔王軍を撃退したことであの国は救われた。

だが民のことを考えるならあそこでは国王は殺すべきだっただろう。無論、その後の統治はどうするだとか、より酷くなる可能性があることは否定出来ない。

それでも自分達が救ったことで、より重い税を課された民のことを俺は忘れたことはない。国を立て直す大義名分の下に国王と貴族は自らの資金を戻すためだけに民に圧政を敷いたのだから。

人を殺したいわけではない。だけど、それが必要な時もいずれ来るだろう。

俺の決意に対し、アイリスちゃんの反応はあっさりしたものだった。

「そうなのですか。それなら仕方ないですね」

「え？　あの、アイリスちゃんは人を殺すことに何か忌避感はないのかい？」

「アヤメさんのことですから何度か警告し、チャンスを与えるでしょう？　それでも駄目ならばそれはもう仕方のないことです。世の中にはそれだけ欲深い獣がいると何処かの誰かさんに教えてもらったのです」

「君は本当に俺のことをよくわかっているね」

「えへへ～、褒めても全く嬉しくないですよ」

「顔が緩んでいるよ」

変わらないアイリスちゃんの様子に呆れると同時にホッとする自分がいた。決意はしていたけれども、アイリスちゃんが拒否することに少しばかり怯えていたらしい。

「でも冒険者ギルドの依頼のシステムは『救世主』を目指すアヤメさんにとって非常にマッチしたものだと思うのですが」

「かもしれないね。でも、『救世主』を目指す途中、助けが必要な時は別に依頼を介さなくても、その場で助ければ良い。もし依頼を受けた冒険者がいたら悪いけどね」

「でも、お金は必要なのです。確かお金を預けることも冒険者ギルドでは出来ましたよね？　アヤメさんは、ロメオさんみたいに職業による組合とかにも入ってないので、預けることが出来ません。常に持つとなると嵩張りませんか？」

「まぁ、そうなんだけどね。確かにお金が嵩張るのは困るけど、なら貴金属に換えても良いかもしれない。そうすれば、少なくとも持ち物として減るしね。お金の方も、魔獣を狩った後に別の商人や組合に売ったら良いだろう」

そう、何も素材を売れるのは冒険者ギルドだけという訳ではない。直接武器屋に交渉したり、商人に売ったり、村からの頼みごとを行うだけでもいい。

俺の秘密を考えると他にパーティを組むこともないからね。

もし、仮に。俺の正体がバレたとして巻き込む訳にはいかない。アイリスちゃんは、どこまでもついていくと言っているから諦めているけど、守るつもりだ。

俺の言葉にふむふむとアイリスちゃんは何度も頷き、こくこくと桃ジュースを飲む。

「ぷはっ、おいしい。……アヤメさんが決めたことならわたしはもう何も言いません」

「そうか。でも今みたいに疑問に思ったことがあったら是非とも聞いてほしい。俺一人で全てを決めるのは、怖い。間違ってもわからないから。そうならない為に仲間の意見も欲しいんだ」

「んー、わかったのです。その時はまた質問させてもらいます」

「うん、お願いするよ」

下で座っていたジャママがピクリと反応する。

話が終わった丁度のタイミングで頼んだ品を運ぶ店員さんがやって来た。

運ばれた料理はどれも美味だった。

◇

料理に舌鼓を打ったあと、会計で店員さんに話を聞き、俺は店を出た。店の前にはアイリスちゃんとジャママがいる。

「さて、と。それじゃあ、行こうか」

「あれ？　何処か行く場所があったのですか？」

「うん、すごく大切な所さ。アイリスちゃん、君は服屋に行ったことはあるかい？」

アイリスちゃんは「服屋？」と首を傾げた。

その後、連れて行った服屋の店内にアイリスちゃんは目を輝かせていた。

「これが人の街の洋服店！　すごい！　見たことないものばかりです！」

何故服屋に来たのか。それはアイリスちゃんの衣装を買うためだ。

あの町ではロメオくん関連のゴタゴタと女性服を売る店が見当たらなかったので諦めたが、こんな大都市なら必ずあると俺は踏んでいた。

聞けばアイリスちゃんは俺を捜す際に、本当に薬草を売り歩き、情報を集めるだけでこういったお店には来たことがないらしい。

だから基本アイリスちゃんの服は普段着ているのと、寝間着の二つだけだ。俺も似たような感じだけど女の子は色んな服を持つべきだろう。

メイちゃんも服には凄く拘っていた。戦闘用のローブとかは変わらないけど私服は結構持っていた記憶がある。

俺とユウも余り拘らなかったな。いや、ユウは絵本で見るような伝説のなんたらや曰く付きのなんたらといった、やたらとそういった武具に目を輝かせていたな。「これがあれば僕も隠された力が目覚めるんじゃ」とか。後者は俺とメイちゃんで止めたけど。今となっては懐かしい思い出だ。

「アヤメさんアヤメさん！　キラキラです！　すごいっ、どれもこれもステキなお洋服です！　ほら、これも。……アヤメさん？」

「あぁごめんよ。少し昔を懐かしんでいた」

いけない。今は感傷に浸っている場合じゃない。女の子と買い物しているんだからちゃんとその子のことを考えておかないと。

「いらっしゃいませ、お客様。本日はどのようなご用件でしょうか？」

「あぁ、俺の連れのこの娘に合う服をお願いしたい」

「えっ、アヤメさんは選んでくれないんですか？」

「俺よりも店員さんの方がこういったことに手慣れているし、センスも良いだろう？」

「それはそうですけど。わたしはアヤメさんに選んでもらった方が……」

折角買うのだから、店員さんの意見を聞きつつ、自分で選んでみてほしいのだけど、どうにもアイリスちゃんは俺に選んでほしそうだった。

あまりファッションに自信はないのだが、やるからには可愛くしてあげるべきだ。俺は本気を出す。

「う～ん、ならこれはどうかな？」

「えっ、これですか？」

「あぁ。アイリスちゃんは肌が白いから、赤や黒よりも白の衣装が似合うと思うんだ。だからこの白のワンピースが似合うと思う。あとはそうだな。日に当たりすぎて倒れてもいけないから何か帽子を。あぁ、店員さん。このピクチャーハット、この娘に合うサイズありますか？　ある？　なら、それでお願いします」

テキパキと店員さんに聞きながら、アイリスちゃんに似合う服を選んでいく。

アイリスちゃんは服を抱えて試着室の前まで来る。

「アヤメさんアヤメさん、覗いても良いんですよ？」

「覗かないから、早く着替えておいで」

「むぅ」

ぷくっと頬を膨らませた後、アイリスちゃんは試着室に入る。

全く、あの娘は恥を知らないのだろうか？

待っている間、俺は遠くで店員さんに撫で回されているジャママを見た。俺には撫でさせてくれないのに。

「と、そうだ。店員さん、あの娘の姿を見ても内密でお願いします」

俺の言葉に首を傾げていた店員さんだが、頷いてくれた。ここら辺はやはりプロだ。

暫くして着替え終わったのかアイリスちゃんが試着室から出てくる。

「えと、どうですか？」

アイリスちゃんが着た服は胸元にフリルがついた、肩出しの白いワンピースだ。

これは、俺が選んだ衣装だ。

その様子は見るからに清楚といった感じだ。

今の時期なら大丈夫だと思うけど、ワンピースの肩出しで万が一寒かったらいけないので淡い水色のガーディガンを羽織らせている。

それがまた、アイリスちゃんの金髪の美しさをより引き立てていた。

被った大きめの白のピクチャーハットは、アイリスちゃんの耳を隠すのにも好都合だった。そのピクチャーハットには、エルフであるアイリスちゃんに合わせた造花を飾らせてある。これは深く被ることでアイリスちゃんの長耳を隠す役割もあった。

あとは靴の方も衣装に合わせて、白のサンダルにした。ちょっと慣れないからこける危険があると思うけど、そこは俺がフォローしていこうと思う。

全体的に見て成功と言って良いだろう。

店員さんも「素敵です」と言っている。

「うん、綺麗だよ。とっても似合ってる」

「本当ですか！　やった。えへ、えへへ～」

アイリスちゃんも嬉しそうにくるくると確かめるように回っている。

気に入ってくれて良かった。俺は安堵の息を吐く。

アイリスちゃんの試着を見ていると、いつの間にか別の店員さんに連れられていたジャママがこっちにやってきた。

「こちらの狼様にも見た目にふさわしい首飾りをご用意させていただきました」

〈カァウ〉

ジャママは首にお洒落な赤いスカーフをしていた。都市に入る際に付けられた首輪を隠すように。気に入ったのか何処と無く誇らしげだ。本格的に犬への道を歩んでいる。

狼の誇りは何処にいったのだろうか。だがこうして並んでいるのを見ると何処かの令嬢がペットを共に街にお忍びで訪れたみたいだ。

「うん、気に入ってくれて良かった、ん？」

あれ、なんだか店員さん達の目が怪しい。

「さぁさぁ、お客様。貴方様も着替えてはいかがでしょう？　いいえ、是非ともそうすべきです！　衣装選びは我々にお任せください！」

「あ、ちょっ、ま」

確かにアイリスちゃんとジャママが衣装を変えたのだから必然的に俺もというのも、理解出来るけども！　遠慮する俺に店員さんは「遠慮せずに」と言ってくる。

何が彼女らをそこまで駆り立たせるんだ⁉

「いや、ほんとに、まって」

さぁさぁと服を脱がした店員さんが固まる。

それはそうだろう。俺の身体にはユウに袈裟斬りにされた傷痕が残っている。アイリスちゃんでも傷痕を無くすことが出来なかったらしい。見るからに致命傷の傷がある仮面の男。堅気ではないと思うのは必然だろう。

「も、ももも申し訳ございません！」

「あぁ、良いよ。寧ろ見苦しいものを見せちゃってごめんね。俺は自分で着替えるから大丈夫だよ。そのかわり、店員さん達がとびっきりの服を選んでくれないかな？」

店員さんは真っ青な顔をしながらもこくこくと頷き、俺の言葉通りに服を探しにいった。

あら、悪いことしたかな。

「アヤメさんがどんな服を着るのか楽しみです！」

アイリスちゃんだけは、楽しそうにしていた。

こうして俺も、服を着替えたのだが。

「いや、確かにとびっきりの服を選んでくれとは言ったけどさ。タキシードって」

「わぁ、アヤメさん素敵ですよ！　まるで仮面紳士です！　そうなると、わたしは何処かの御令嬢ということになるのでしょうか？」

「確かに格好から見ればそうだろうけど」

「やっぱり！　なら、こうやって手を組んでも不思議じゃないはずです！　えへへ」

アイリスちゃんは嬉しそうに俺と腕を組んだりする。

そこまで喜んでくれるのは俺としても嬉しい。だけど。

「これじゃ、街を気軽に歩けないよ」

舞踏会に出るわけでもないのにタキシードはない。悪目立ちが過ぎる。

俺は溜息を吐いた。

結局俺は何時もの格好に戻った。アイリスちゃんは残念そうにしてたけどあれはない。

だけどアイリスちゃんは嬉しそうに買った服を「大切にします」と言っていたのでそれだけでも来た甲斐があったというものだ。

◇

後日。

俺達は宿の部屋を借りて過ごし、朝になると冒険者ギルドに行ってバディッシュと会って飛竜討伐の報酬を受け取った。

バディッシュ達は金額に興奮していたが、俺はそこまで驚いていなかった。魔族との戦いを制した後に、報奨金が支払われることもあったし、その時の報酬はこれより大きいこともあったのだ。尤も、そのお金もグラディウスとメアリーの消費で消えていったけど。俺はある程度二人には内緒でお金を確保して被害にあった村々に配ったりした。偽善だとは思うけど、彼らの為に何かをしてあげたかったんだ。

それにしても、これだけのお金を自由という意味で使えるのは初めての経験だな。バディッシュと別れた後、俺はアイリスちゃんと市場を渡り歩いた。やはり商業都市なだけあり、その充実ぶりに色んな所を回っているとあっという間に夕方になった。

ただその分の収穫はあった。

「市場を見てアヤメさんの格好も、変わりましたね」

「まぁね。これで少しはマシな格好になったかな」

そう、報酬を得て俺の装備も揃えることになった。というよりも今まで剣一本と短剣だけだったのがおかしいというべきか。

買ったのは手甲と鉄靴、あとは軽く肘や膝を守るプロテクターだ。更には服の下に鎖帷子も着込んでいる。鎖帷子を選んだのは全身鎧とかはオーダーメイドになる上に、俺の得意な、動きで撹乱したりといった戦法が取れなくなるからだ。

魔法がかけられた鎧なら違うのだけどそれは非常に値段が張る。それに殆どの場合サイズの問題で合わなかったりもする。今回は残念ながら縁はなかった。

結果的に俺は殆ど装備の外見的には変わらないが、防具の質は上がることになった。

「そしてまぁ、見事に飛竜を倒したお金がなくなったね」

「仕方ないのです。これが予想以上に高かったですから」

アイリスちゃんは俺の腰にぶら下がる革袋をツンツンと突いた。本来なら飛竜を討伐した金がこの程度の防具でなくなる筈がない。

それでもなくなったのはこの革袋を買ったからだ。見た目こそ、なんら変わったところのない革袋。でも当然これは普通の革袋なんかじゃない。

〝魔法の袋〟と呼ばれるそれは、袋の口の大きさ以内ならあらゆる物を入れることが出来る。

過去に存在したという『錬金術師』の職業を持つ者が長い年月をかけて陣を刻み、それにより袋内部の許容空間を広げたとかなんとか。理屈はよくわからない。

今は『錬金術師』の職業を持つ人は絶えてしまったので手に入れるにはこうして大金を出して買うか、滅びた都市や遺跡などで偶々手に入れるしかない。

〝魔法の袋（マジック・バッグ）〟の利点は、持つことで物が嵩張（かさば）るのを防ぐことが出来るのだ。これは大きい。

特に食料の心配が少なくなる。食べ物が劣化（れっか）しなくなる訳じゃないけど中にしまえば革袋の重さしか感じないのだ。飛竜で得た大金の、殆（ほとん）どをはたいた甲斐がある。

「これでアヤメさんに買ってもらった服も中に入れられて汚（よご）すことなく保存出来るのです」

「そうだね。ふと思ったけど食料と一緒（いっしょ）に入れた服や小物はどうなって中で区分けされているんだろうね」

「えっ、あ、確かに。どうなってるんでしょう？」

「本職じゃない俺達（おれたち）が考えても理解出来ないことなんだろうけどね」

しかし一度気になるとずっと気になってしまうのは人の性（さが）だろう。

袋の中を見て頭を悩ませていると、背後から人をかき分けてランカくんが現れた。

「あぁ、やっといた！　アヤメさん！　それにアイリスさん！」

「あれどうしたんだいランカくん？　飛竜の代金についてまだ何かあったのか？　なんか間違（まち）っていたとか？」

「いや、そうではありません。丁度捜していたんですよ」

「わたし達を、ですか？」

「はい。お二人に是非とも会いたいという人が居まして」

その言葉に俺とアイリスちゃんは顔を見合わせたのだった。

◇

中央の商業区から離れた工房地区。此処には数多くの生活必需品を作る工房から、冒険者や兵士に必要不可欠な武器を造る鍛冶屋などが存在している。

その中で、壁で囲まれている区間があった。見上げるほどの壁に囲まれ、周囲からは中が見えない。更には火を扱うことから辺りには家がない。

此処にダルティス工房、つまり花火を扱う工房があるとランカくんが説明してくれた。

俺達が厳重な分厚い鉄で出来た門を通ると、バディッシュともう一人誰かがいた。

「お、ランカ。見つかったのか」

「うん。ミリュスは？」

「まだ捜している最中だ。後で見つかったと教えてやらないとな。それよりも。よぉ、アヤメ。さっきぶりだな。なんだ、装備が一丁前になってるじゃねぇか」

「やぁ、さっきぶりだね、バディッシュ。そして、えっ、君、シンティラさん？」

「はいっす」

バディッシュとランカくんが会話する横に顔面が腫れた男性がいたのだが、正体はシンティラさんだった。余りにも見た目が違いすぎて一瞬気がつかなかった。

「え、何があったんだい？」

「聞かないでほしいです」

「だ、大丈夫ですかっ？　わたし今治療薬があるので治しますよ」

「いえ、お気になさらず。これはボク自身にとって罰みたいなものなので」

「罰？」

「おう！　来たのか！」

ドスドスと足音を鳴らし、此方に近寄ってくる人影。

ずんぐりむっくり、樽形の身体にはちきれんばかりの筋肉。顔も固そうな白い髪も黒い煤だらけだけど、それ以上に目立つ髭もじゃの男性。

「よく来てくれた。ワシがこのダルティィス工房の親方、ダルティスだ。あぁ、敬称はいらんぞ。ワシはそういうのは鼻がムズムズするからな。それで、この馬鹿が迷惑をかけたようだな。先ずはそのことを謝罪させてもらおう。すまなかった」

バッと、その厳つい顔からは思えないほど簡単に頭を下げるダルティス。そのギャップに思わず目を彷徨わせると目があったバディッシュとランカくんが苦笑する。

「僕達も謝られたんですよ」

「別にオレ達は冒険者だから依頼を受けたら命をかけるのは当たり前だからよ。気にする必要はないんだけどな」

バディッシュの言葉に、ダルティスが首を横に振る。

「だとしても、だ。聞けばこの阿呆が勝手に突っ込もうとしたのを止めるために、依頼を受けてくれたそうじゃないか」

「で、でも親方。こうして飛竜は狩れたし犠牲者もいませんから」

「阿呆が！　冒険者にも迷惑かけて！　オメェが想像するよりも遥かに危険な相手なんだぞ、飛竜は！　焼け焦げにならなかっただけありがたいと思え！」

「いったい！」

シンティラさんが頭を叩かれる。ダルティスの方が背が低いのに、跳躍して思いっきり叩かれている。めちゃくちゃ良い音が鳴った。あれは絶対痛い。

「それでそこの冒険者達に話を聞いた所、アンタの名前が出てきたんだ」

「あー、確かに俺も飛竜討伐を手伝ったと言えるかな」

「やはりそうか。弟子が世話になった。改めて礼を言わせてくれ」

「いや、俺達も偶々だから。そんな頭を下げなくて良いですよ」

「その偶々がなければコイツも、そしてこの冒険者達も命を落としていただろう。コイツは阿呆だがそれでも弟子の一人だ。こんなことで死ぬのは偲びない」

ダルティスの言葉には真剣さが宿っていた。

それだけでどれだけ弟子を大切にしているのか伝わり、シンティラさんも目を輝かせる。

「お、親方。そんなにボクのことを」

「死ぬなら飛竜に焼かれてじゃなく、せめて花火で失敗して爆発四散しろ」

「親方ぁ⁉」

「冗談だ。ワシの弟子になったからには、そんなことで死なせはせん」

驚くシンティラさんに対し、ダルティスはがははと笑う。何というか豪快な人だな。

そう思っていると俺は力強く、ダルティスに手を握られた。

「馬鹿弟子は阿呆なことをしでかしたが、飛竜の〝爆裂炎袋〟が手に入ったことで、恐らく過去最大級の花火が出来上がるだろう。《大輪祭》まであと数日だが、その時は是非とも夜空に打ち上がるワシの大花火を見てくれよ！」

「あぁ。是非とも見せてもらうよ」

にっと、黒い煤だらけの顔とは対照的な白い歯で笑うダルティス。

思ったより恐い人ではなさそうだった。

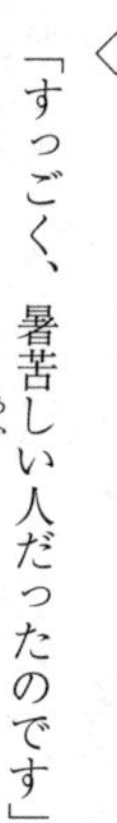

◇

「すっごく、暑苦しい人だったのです」

「それだけ熱意に溢れているってことさ」

「わたし、熱気に圧されて喋る暇ありませんでしたよ。おまけにあそこ、硝煙臭かったです。あんなの乙女がいる場所じゃないのです」

「まぁ、確かに慣れない臭いだったね。あぁ、手が煤で汚れてるし、臭うな、これは」

握られた手からは非常に硝煙の臭いがする。その臭いに辟易しているものがいた。

「ジャママはまだダメかい？」

「ええ、どうやら硝煙の臭いだけでなくあそこの職人達の体臭にもやられたみたいで。その、汗臭いから」

〈カァァウ……〉

鼻を何度も掻いて、頭をふるジャママ。冒険者ギルドの時といい、この街はジャママには苦手な場所ばかりだな。

次あそこを訪れる時は、ジャママは置いていったほうが良いかもしれない。

それにしても、あそこまでダルティスが胸を張って言う《大輪祭》に俺は興味が湧いた。元々からあったけど、ダルティスの意気込みを見てより期待が高まったというものだ。

「《大輪祭》か。うん、楽しみだ」

「そうですね」

今まで見たことのない祭りに俺は心を躍らせた。

そして数日後。待ちに待った《大輪祭》が開かれた。

《『氷霧』襲撃》

――見ろ、あの肌を。何と禍々しい
――本当だ、なんて醜い色であろうか
――我らと違い、なんて穢れた色であろうか
――更には精霊にも嫌われている
――あの娘は我らの一族に相応しくない
――ならどうするか
――殺しましょう
――殺してしまえ
――だがしかしまて、このような穢れたものの血で我らの聖地を汚す訳にはいかぬ

――でしたら例の汚れた地で捨ててしまいましょう
――なるほど、それは良い
――穢らわしいものは穢らわしい所へ
――高貴な世界から下賤な世界へ
――捨ててしまおう
――捨ててしまいましょう
「スウェイサマ、全員配置ニツキマシタ」
浅い眠りから眼が覚める。
魔族に成りかけの魔物の言葉はザラザラとしていて聴き取り辛い。それがまた苛立ちに拍車をかける。
ちっと、スウェイは舌打ちした。
忌々しい記憶だ。思い出したくもない過去の記憶。必然、スウェイの気分も悪くなる。
しかし魔族達はそんなスウェイの様子に気付くことなく意気揚々と、笑う。
「皆、いきり立っています。人族を殺せると士気も高揚しております。『氷霧』のスウェイ様がいらっしゃれば万が一にも敗北はあり得ません。流石は――」
「うるさい。今の此方は機嫌が悪い。氷像になりたくなかったら、黙っていなさい」

「はっ」

不満そうながらも頭の良い方の魔族は頭を下げる。引き際をわきまえているのだ。それで良い。そうでなきゃ、凍らせている。

その様子を見ていたスウェイはふと、一言付け加える。

「それと言っておくわ。貴方達は出てくる兵士と冒険者の連中だけを相手にしなさい。逃げ出す市民なんて放っておいて」

「ナッ、何故」

それ以上成りかけの魔族は言葉を続けることが出来なかった。身体を丸ごと体積以上の氷により凍らされたからだ。そのまま氷像と化した魔族は、パチンとスウェイが指を鳴らすとバラバラに砕け散った。

「異論は、認めない。分かったのならさっさと準備に取り掛かりなさい」

他の魔族は慌てて頷き、その場から逃げ出す。それを一瞥したスウェイは改めて自らの乗る氷の薔薇の上から、街を見下ろす。

「商業都市リッコ」

今、あの都市では祭りが開かれている。あらゆる豊かさの象徴の街。空に祭りの開催される合図の号砲が鳴り、遠目からでも分かる人々の笑顔と笑い声が聞こえてくる。

それを見て、スウェイはぎりっと、不愉快(ふゆかい)そうに、そして悔(くや)しそうに歯を噛(か)み締(し)める。

「あぁ、妬(ねた)ましい。必ずや全(すべ)てを凍らせてあげるわ」

冷ややかな、それでいて燃えるような嫉妬(しっと)の眼差しで『氷霧』は睨(にら)んだ。

◇◇◇

《大輪祭》、当日。

古い歴史を持つこの《大輪祭》は毎年多くの参加者が集(つど)う。古今東西あらゆる所から人が集まってくるのだ。商機ありと立ち寄ってきた商人、単純に観光として来た人、元からこの街に住み楽しみにしていた街人。多くの人々が商業都市リッコに集まっていた。

時間はまだ昼だが、既(すで)に都市の盛り上がりは相当なものであった。

最も盛り上がるのは夜であるが、それでも真昼間から、あらゆる所から集まった人々がお祭り用に開かれた店の食事に舌鼓を打ちながら夜を待っていた。

「凄い人の数だ。元から多かったけどそれに輪を掛けて多くなっている」

「本当ですね。あ、あそこには獣人がいます。珍(めずら)しいですね」

「お？　本当だ。人の国に来るなんて。ここからじゃ〝獣ノ庭園(プライド)〟は遠いのに、何処(どこ)かの集落から出てきたのかな？」

俺はこの辺りでは珍しい獣人を視界に捉えながら、アイリスちゃんと街を散策していた。大通りではないけれど、既に道は人で溢れている。

祭りっていうのは、どうしてか、雰囲気に釣られて要らないものを買ってしまったりもする。それ含めて楽しめるんだけど、余り無制限に遊ぶと直ぐに金がなくなってしまう。

「これだけの人が楽しみにしている《大輪祭》の花火、楽しみだね。けど、これだけの人が居るなら見るのも一苦労しそうだ」

「でもわたし達にはこれがあるのです」

アイリスちゃんの手にはダルティスから貰った花火の見える施設のチケットがあった。限られた者だけが貰えるもので、この間別れる前にダルティスが迷惑をかけたと譲ってくれたものだ。

「そうだね。でも無くさないように注意しないと」

「わかっています！　ちゃんと袋に入れて紐をぎゅっとしましたから。そうだアヤメさん！どうですか？」

アイリスちゃんはくるりと回って見せた。

アイリスちゃんが着ている服は俺が買ってあげた例のワンピースだ。ピクチャーハットを深く被ってエルフの長耳を隠したアイリスちゃんは、人にしか見えない。

「うん、凄く似合ってるよ」

「えへへ、ありがとうございます！　あ、それでですね！　アヤメさん！」

「ん？」

「ほらあの、人も多いですし迷子になったら大変です。この多さです、合流も出来ないかもしれません。その為にですね、防止する何かが必要だと思うのです」

　アイリスちゃんは何かを期待するように右手を差し出してくる。何をしてほしいのか、それなりに一緒にいるから分かる。

「えへへ～」

「アイリスちゃんは随分と甘えん坊だね」

「んふふ～、こんなことするのはアヤメさんだけですよ？」

「それは光栄だね。ジャママも人に蹴られないように気を付けなよ」

〈ガアウ！　ガウガウッ！〉

「わわっ、ジャママあんまり吠えちゃダメですよ！　獣舎行きになっちゃいます」

〈ガウ、クゥ～ン……〉

　注意されたジャママはしゅんと尾を下げる。

　本来なら獣舎か宿にいるジャママだが、一人にするのは可哀想だとアイリスちゃんが言ったのだ。俺としても、ジャママだけを除け者にしたくない。

勿論然るべき所に行って許可を取っている。その際またも金も取られたけどこのくらいでジャママが一緒にいられるのなら安い出費だろう。

「それにしても何度見ても凄い人集りですね」

「そうだね。アイリスちゃんは、こういったお祭りは初めてかい？」

「そうですね。一応エルフにも精霊への祈りを捧げる《オムニス・スピリット・グラシアス＝ティオ》と、初めて木霊との親交を深め、より繋がる《木霊との交流》がありますから祭り自体はよくあります。でもやっぱりこんなに多くの人が集まる祭りは初めてです。エルフは他の種族と比べて人数も少ないですから」

「へぇ、そうなんだ」

「アヤメさんはどうですかって、聞くまでもないですね」

「ん～確かに俺も色んな祭りを経験したことはあるんだけども。いや、そうだな。こうして単純に祭りに参加するのは俺も初めてかもしれない」

いつも祝われる側だった。人々に希望を与える為とか、俺の戦意高揚の為とか理由は色々ある。その度に偽っている俺としては心が痛かった。

祝われるのが嫌いな訳ではない。努力と功績が認められるのは誰だって嬉しいだろう。

それだけならば……ね。祝いの席には多くの権力者達もいた。彼らは俺との繋がりを持とうと努力していた。別にそれが嫌いという訳じゃないけど、やはりこっちとしても気を遣うからか、居心地の悪さは感じる訳で。

そう考えると新鮮な気持ちになって柄にもなくわくわくしてきた。

「アヤメさんアヤメさん、顔が笑っていますよ」

「あ、わかる？　そうだね。ちょっと楽しみになってきたんだ」

「そうですか。ふふっ、わたしもです。あ！　アヤメさんアヤメさん！　あっちから良い匂いがします！　ジャママも行ってみましょう！」

〈カゥ！〉

手を引くアイリスちゃんに連れられて俺は駆け出す。テンションが高いのか、彼女は俺の名前を何度も呼ぶ。来たのは多くの食べ物が並んでいる通りだった。

「焼きたてのトウモロコシはいかがですかー？　粒々の感触が美味しいですよー」

「いらっしゃいいらっしゃい！　あっつあつの焼き芋が出来立てだよ！　加熱石で熱したばかりだからホカホカで美味しいよ！」

「赤林檎に飴をコーティングした林檎飴はいかがですか～？　舐めても齧っても美味しいですよ～！」

「林檎飴？」

アイリスちゃんが林檎飴という単語に反応する。

「おや、お嬢ちゃん興味があるのかい？　林檎飴は、新鮮な赤林檎を、トロトロに溶かした飴につけて固まらせたものだよ。《大輪祭》ではお馴染みの名物さ」

「そうなんですか。アヤメさんアヤメさん！　食べてみましょうよ」

「そうだね、二つ貰えるかい？」

「まいど！　お嬢ちゃん可愛いからサービスで二人とも一番大きい奴にしてやろう」

「わーい！」

店主が店で一番大きい林檎飴を俺達に渡す。

真っ赤な赤林檎の上に赤色の飴でコーティングした林檎飴は真っ赤っ赤でまるで宝石みたいだった。

「よかったね、アイリスちゃん」

「はい！　そうだアヤメさん！　男女が祭りを共にして楽しむ。これはもう、でぇ、とと言っても良いのではないでしょうか⁉」

「え？　う～ん、そうだね」

一応デートの定義には当てはまるだろうか？

世間一般的にデートとは歳の近い二人が、街の中を散策するイメージだ。

だが俺とアイリスちゃんでは見た目からしてかなり年の差があるように見える。

いや、この場合実際は俺の方が年下になるんだけどね。

だからデートとは違うんじゃないかと思う。だが、女の子と一緒に街を散策するのだから一概に違うとも言えない。非常に際どいラインだ。けどアイリスちゃんの顔を見ているとそんなことも言えなくなってつい俺は頷いてしまった。


「やったぁ！　って、わ!?」

急にドンドン！　と空で音が鳴る。

アイリスちゃんとジャママがビックリする中、俺は音が鳴った方を見る。

「あぁ、あれがシンティラさんの話していた号砲か。確か祭りやイベントが始まる時に鳴らすんだっけ。凄いな、結構おっきい音が鳴ったよ」

「うぅ、こっちはびっくりしました。危うく林檎飴落とす所でした」

〈カゥ〉

「夜にはもっと大きな花火の音が出るそうだから慣れないとね」

「慣れるのは大変そうです」

アイリスちゃんは大きな音が苦手らしい。ジャママも耳をぺたんとしていた。

「――おい？　あれはなんだ？」

そんな時、ザワザワと元から騒がしかった所に響く声。その声色は困惑だった。一人が一点を指差す。他の人々もそれを見ると同じような言葉を発した。

その様子に俺も、釣られて彼らの見る方向を見た。

そこには青く澄んだ空に一輪の氷の薔薇が空に浮いていた。

◇

さながら玉座のように氷の薔薇の上に座るのは、八戦将、『氷霧』のスウェイ。

此方を見上げる人々を氷の薔薇の上から見下ろし、フードの中で唇を歪める。

あぁ、妬ましい。

その幸せが、豊かさが。あそこから奪ってやる。

そして証明してやるのだ。■■など存在しないのだと。

スウェイは腕を空に掲げ、魔力を練る。

「【我が命に従属し、我が望みを叶えよ。冷やし、凍らせ、永久にその形で凍結せよ。汝よ、知れ。我こそは永久凍土の支配者なり、全てを制する氷の支配者なり】」

本来ならばスウェイには必要ない詠唱。しかし、詠唱をすればより緻密に精細に扱うことが出来る。言葉で紡がれ、練られた魔力はより増幅し威力を広範囲に発揮する。天に巨大な雪の結晶の形をした氷が形成された。それらが数多に重なり合い、煌めく様は地上からは巨大な華に見えた。

魔力は充分。調整も完了した。やがてスウェイは腕を振り下ろす。

「【凍てつく氷の息吹】」

次の瞬間、巨大な華から全てを凍らせる息吹が街中に吹き込んだ。

人々は突然の突風に目を閉じた。そして再び目を開くと余りの惨状に言葉を失う。

「は？　な、何が」

「見ろ、あれを！　家が凍ってる⁉」

「いや、家だけじゃない！　全てが凍っている！　それに、これはっ、さ、寒い」

建物、露店、歩道、植物、食べ物、家具、魔法具、塔、広場、花、全てが一瞬のうちに凍った。人々はそれに困惑し、そして身も凍るような冷気に身体を震わせる。

誰もが見る。この惨状を起こした犯人を。

「此方は『氷霧』のスウェイ・カ・センコ。さぁさぁ、人間達よ、逃げ惑いなさい」

クスクスと笑うスウェイの声が静寂に響く。

一瞬の静寂の後、人々は皆揃ってその場から駆け出した。

騒がしくも楽しげな喧騒が、悲鳴と怒号に変わる。人々が逃げる理由。それは人類に仇なす天敵が現れたからだ。その天敵の名を、人々は叫んだ。

「奴らだァッ！　魔王軍だぁぁ！」

誰もがその場から逃げようと人を押しのけ、押しのけられながらも駆け出す。一目散にその場から逃げ出そうと。

その様子をスウェイは冷酷な瞳で見下ろしていた。

◇

俺はそんな人々とは対照的に立ちながら、この事態を引き起こした者を睨んでいた。これ程の大規模な氷の魔法を扱える者。あれが誰かなんて嫌でもわかる。

「八戦将『氷霧』のスウェイ・カ・センコ！　何故ここに……!?」

「し、知っているのですかアヤメさん？」

「あぁ！　見たら分かると思うけどあいつは氷を操る！　俺の所にいた『魔法使い』の職業を持つ仲間は、有利な炎系だったのにあの氷に阻まれて何一つ攻撃は届かなかった！」

氷という、使い手が中々いない魔法を扱う者。人の職業にたとえるなら『魔法使い』でも最上級、称号だと『大魔法使い』は確実の相手。いや、同じ『大魔法使い』で炎を扱うメアリー・スージーが完膚なきまでに負けたことを考えるとそれ以上だ。

それが今この街にいる。何故ここにとは思うが、答えは簡単だ。

目的は明らかに侵攻だ。でなければ辻褄が合わない。

「どうするッ……！」

相手は八戦将、魔王軍が誇る幹部の一人だ。その力を誰よりも俺はよく分かっている。

『爆風』ですら聖剣の力と仲間の力があって初めて討伐出来たのだ。

聖剣はない。技能が使えない。仲間もいない。

そんな相手に俺が勝てるのか？

「いや、迷うことはない。人に危害を加えるというのなら、俺は一人でも多くの人を救うだけだッ！」

その為に『救世主』を目指したんだ！

此処で逃げ出したらいつ戦うんだ！

目の前の人を救えなくて何を救うんだ！

決意を胸に向かおうとする俺の前に新たな悲鳴が飛び交う。

「うわぁぁぁ！　魔物だぁぁ!!」

スウェイに呼応するように空から現れた魔族と魔物。彼らは人々が逃げ惑う中、凍っていない建物を破壊し始めた。

「いけない！」

すぐさま行こうとするも今人々は無秩序に逃げ惑っている。俺なら壁や屋根を利用して突破出来る。だけど此処にはアイリスちゃんがいる。彼女を置いていくのは危険過ぎる。

「アイリスちゃん、失礼するよ」

「えっ？　わわわっ」

〈カゥ⁉〉

アイリスちゃんをお姫様抱っこして、ジャママもアイリスちゃんのお腹の上に乗せる。露店が張ったテントを使って跳躍しながら屋根の上に登ると、周囲を一望出来た。キラキラと元からそうであったように街は氷の建物ばかりであった。思わず、美しいと思ってしまう。何を馬鹿なことをと思うが、なぜ俺がそう思ってしまったのか理由がわかった。

「あれだけの魔法を行使したのに建物が凍っているだけか？」

そう、誰一人として人間は凍っていなかったのだ。なぜと疑問に思うが今はアイリスちゃんの安全が優先だ。

周囲に魔物がいないことを確認して、彼女を降ろす。

「直ぐに戻る。少し待っていてくれ」

「えっ、あっ、もうちょっと抱えててくれても……」

アイリスちゃんのぼやきは聞こえず、俺はすぐさま人を襲う魔族の下へ走り出す。

魔族は兵士を圧倒していた。剣を持った兵士を痛めつけ、勝ち誇っている。

「ぐっ、つ、強い」

「ゲヒャヒャヒャ！　弱い人間は惨め、憐れだなぁ。恐れ慄け！　おれは魔族の——」

魔族が何かを喋るよりも早く、俺は背後から剣を抜いて首を切断する。死んだことの分からない魔物の頭はキョトンとしたまま地面に落下した。俺は念の為壁を蹴って跳躍し、残った身体の心臓も破壊する。

魔族も魔物も、強靭な生命力を持っている。確実にとどめを刺す為の措置だ。

魔族を倒して着地すると対峙していた兵士がポカンとした顔で此方を見ていた。

「彼らを安全な所へ」

「……あ、あぁ、感謝する！」

兵士は自らが苦戦した相手が速攻で倒されたことに放心していたが、直ぐに自らの役割を思い出して市民の避難を開始させた。

その際に俺は兵士の一人を捕まえて尋ねる。

「すまない、今の状況はどうなっている？」

「どうもこうも大混乱だ！　魔物と魔族は冒険者と我々兵士が今対処している！　しかし目撃情報はあるが数が掴めず、その分殆どの戦力が分散してしまって余裕がない。例のこの街を凍らせた相手には精鋭部隊が向かっていったというが……状況が分からない！」

「そうか、わかった」

礼を言って、すぐさま俺は屋根の上に跳ぶ。見渡す限り付近には魔物はいない。ならこの辺りは大丈夫だろう。俺はもう一度アイリスちゃんのいる位置に戻って来た。

「アヤメさん！」

「アイリスちゃん、今すぐこの場を離れるんだ。周りにいた魔族はこいつらしかいなかったから今なら危険が少ないだろう。だけど混乱が激しい。人に巻き込まれないように注意して行くんだ」

「アヤメさんはどうするんですか⁉」

「俺は……奴らと戦う。そうすれば少しでも犠牲になる人々が減るだろう」

技能のない俺では一度に広範囲の魔法も使えないから一体一体地道に倒すことになるだろう。だが、それでも倒せば被害に遭う人が減るんだ。

ぐっと手を握る。握っている剣の感触がはっきりとわかる。

あの時のことを思い出す。

魔族に襲われ、瓦礫の山と化した街並み。大切な人を失い泣き崩れる人々。絶望が空気を支配していた。そんな悲劇を繰り返させる訳にはいかない。

「危険です！　だってアヤメさんは〝絶技〟があるとは言え技能はないんですよ⁉　魔族は、どれもこれも強力だと聞きます。数だってオーロ村の時とはちがいます。先程みたいにうまくいくとは思えません！」

「危険は承知の上だ。それに同じく兵士達も人を守る為に魔物と戦っている。危険なのは彼らも俺も変わらない」

「だったらわたしも！」

「ダメだ。正直アイリスちゃんを守りながら戦える自信がない。だから安全な所にいてほしい。そうだな、ダルティス工房の近くが良いと思う。今門から外に出ようとすると人混みに押しつぶされそうだ。あそこは街の中では、重要区画としての壁がある所だからね。防御力も高い」

「でもアヤメさんに何かあれば、わたし」

ジワリと大きな瞳に涙を浮かべる。

知っている。彼女は俺のことが心配なんだってことを。

分かっている。これは俺のわがままなんだってことを。

「安心しなよ。これでも俺は腕には自信があるんだ。それにあんな八戦将のうち三人とも戦って生き延びたんだ。なら今回も生き残る。絶対にさ」

それが気休めに過ぎないと思いながらも、俺は態とらしく胸を張った。

生き残る保証なんてない。勝てる確証もない。

だけど俺は向かうんだ。

何故なら俺は『救世主』だから。

そうありたいと、あの日この娘の前で、俺自身が誓ったのだから。

「ぐすっ……きっと何を言っても貴方は止まらないのですね。わかっています、でも心配なんです。あの時は間に合いましたけど、今度は間に合わないかもしれない。そう考えると胸の奥がぎゅ～っと、ぎゅ～っと痛くなるんです」

「アイリスちゃん」

「だから約束してください」

アイリスちゃんが顔を上げる。

涙を堪えつつも、懸命に笑おうとしていた。彼女は小指を立てる。

「ゆびきりです。お互いが約束する時に誓う儀式なんですよ。知ってますか？　エルフの約束を破ったら、わたしが死ぬまで祟りますよ」

「それはまた、物騒だね」

「はい、物騒です。だから、わたしに貴方を怨ませないでください。わたしに、貴方を嫌わせないでください。どうか、生きて帰ってきてください。……約束ですよ」

俺は頷き、彼女の小指と指を合わせ、約束した。

必ず生きて帰ると。

「わたしは今からアヤメさんに言われた通りダルティス工房に向かいます。何かあったらこれで連絡してください。例の鳥みたいな魔族から奪った通信機なら会話出来るのです」

「あぁ。アイリスちゃんも何かあったら連絡してくれ」

「はい。アヤメさん、一つだけ注意を。街が凍った時から、精霊達の怯え方が尋常じゃないんです。それほどのお相手だと思います。だから、お気をつけて」

「うん」

俺は頷いた後、一緒にいるジャママに屈んで視線を合わせる。

「ジャママ、君が頼りだ。アイリスちゃんに何かあったら助けてやってほしい」

〈カゥ………ガゥッ！〉

「良い子だ」

勇ましく吠えるジャママに俺は笑みを浮かべた。これでアイリスちゃんは大丈夫だろう。

ジャママなら魔物がいる位置を避けて、工房まで着くことが出来るはずだ。

「アヤメさん！　信じています！　だから、負けないでください！」

「あぁ！」

アイリスちゃんの声援を背に受けながら、俺は戦場へと飛び込んでいった。

〈ゴバボボボォォォォ〉

気持ちの悪い魚のような魔物が周囲の建物を破壊しながら人々を追いかけ回す。魚のような見た目とは裏腹に四足歩行で、硬い鱗を持っているのか建物を破壊しながらもビクともしていなかった。

魔族と違い理性を感じさせない紫色の瞳。

魔獣にはない、人を害する衝動。その目的のみで行動している。

魔物は、魔王が創りし人類を滅ぼす尖兵だ。

魔物は魔瘴と呼ばれるこの世を汚染する物質を放つ。奴らが出した瘴気はいずれこの土地を汚染し、生命の気配のない土地へと変貌させるだろう。

こうしてジワジワと人類の領域を侵していく。

普通であれば怖い。心が折れ、身がすくむだろう。

だが俺には一切そんな感情は浮かばなかった。あるのは冷静な怒り。

罪のない人々に対して危害を加えようとする魔物への純粋な怒りだった。

恐怖なんてなかった。

聖剣がないだとか、技能がないだなんてもうどうでも良い。

だって望んだ場所にいるのだ。自らそこに身を投じたのだ。

ならば何を恐れる必要がある！　何故臆するだろうか！

「〝緋華〟」

〈ゴバボボボォォッ！！？〉

俺は上空から魔物の頭目掛けて突き、穿つ。

だが、魔物の硬い鱗のせいか上空から落下の勢いを加えて尚、剣は半分程しか入らなかった。けど、半分とはいえ入ったのだ。

硬い鱗を持つ？　確かにそうだろう。

だが、内部までもそうだとは言っていない。

「暴れるのもそこまでだ。――〝月凛花〟」

ぐるん、と。

剣の柄を握り直し、横薙ぎに一閃する。

魔物は、肉を裂き、骨を断たれたことで生命活動を停止した。

『剣士（けんし）』の技能（スキル）、【斬光一閃（ざんこういっせん）】。

その威力は空気を裂き、鉄を斬（き）り、断絶させる。この技能（スキル）を防ぐことが出来る人間も、魔族もそんなに多くない。一説には空間をも刈（か）り取ることが出来る技能（スキル）とも言われる。

それを模倣（もほう）した俺の絶技（ぜつぎ）。

硬い鱗の上からなら弾（はじ）かれただろうが、〝緋華（ひばな）〟で剣が入ったのならば、肉を斬り裂くことが出来る。ズゥンと倒れ伏（ふ）した魔物から離（はな）れて降り立つ。魔物はまだまだいる。

〈ブィイインゴォォン！〉

〈ギュゴゴォォン〉

「そうだ、俺に来いッ！　俺を見ろッ！」

魔物達（たち）は俺を脅威（きょうい）と見なしたのか、殺到（さっとう）する。

それで良い。そうすれば奴等から市民達が逃げる時間を稼（かせ）ぐことが出来る。

だからこそ、こんな派手に現れたんだ。剣を構え、俺は襲って来る魔物を一刀両断する。

「来いッ！　もう誰も傷つけさせない！」

誓いを胸に、俺は戦場を駆（か）け巡（めぐ）る。

アヤメが魔物相手に善戦している頃、他の戦いの場も激戦の一途を辿っていた。兵士が魔物を抑えつつ市民を逃がし、そこへ冒険者も加わり魔族への攻勢が繰り広げられていた。初めこそ魔王軍の数が不明だったが次第に情報が共有され、魔物と魔族の数が少ないことがわかった。無論、魔族はもとより魔物も脅威であるのは分かっている。魔物一体倒すのに戦闘職十人の負傷者が出ているくらいだ。

だが商業都市リッコは、冒険者の量も質もが充実しているのだ。《二星》クラスが連係して対処し、魔物を倒していく。その中にはバディッシュ達の姿もあった。

冒険者によって魔物は抑えられている。

ならばと、この都市の兵士達はことの元凶を討ち取るべく動き出した。

「存外、手間取るものね。まぁ、それほど数を率いていなかったし当然ね」

スウェイは上空から周囲を見渡しつつ、魔族と魔物を監視する。思ったよりも苦戦している。余り意識していなかったが、冒険者の存在が思いの外、厄介だったらしい。

だが、冒険者相手には魔族をあてることで対処する。魔族は能力からして人間の遥か上だ。多少連係された所で、いとも簡単にはねのけることが出来るだろう。

スウェイ自身は散発的に、氷の魔法を扱い教会や塔を破壊する。これには都市の制圧以外にも、お前らは自身には敵わないという威圧の意味も含まれていた。

するとふと自らの周りに集まってくる兵士達を見つけた。

「ふぅん、そうくるのね。やるべきことは他にもあるでしょうに」

フワリと浮遊する氷の薔薇から態々降り立ったスウェイは、その冷たい瞳で自らを囲む兵士達を見渡した。

「囲め！　囲め！　奴が元凶だ！　だが、敵は一人！　ならば勝機はある！」

「あらあら、良いの？　魔物は放って置いて」

「抜かせ！　お前を倒せば終わりだ！　【刺突】」

腕に覚えのある兵士がスウェイに向かって槍を突き立てた。ドスッと鈍い音が鳴る。

にやりと、兵士は笑みを浮かべる。だが次の瞬間違和感に気づく。

スウェイには傷ひとつない。槍も途中で何かに阻まれたように止まっている。

それは氷の壁であった。いつ唱えたのか、兵士とスウェイの間には氷の壁が出現していたのだ。

兵士は一旦槍を引こうとして、気付く。腕の感覚がない。

「お、俺の腕がぁ！」

槍ごと腕が凍りついていた。その様子に兵士達に動揺が広がる。全く魔法を唱えた動きが見えなかったのだ。

「下がれ！　接近戦を仕掛けるな！　我々魔法使いが相手をする！　【我が魔力を糧にし、その大いなる力を以て相手を燃やせ、炎球】」

「【燃えよ、貫け、焼き穿て、炎の矢】」

「【相対する敵対者を焼き尽くせ、熱風】」

氷に対し有利な炎の『魔法使い』が放った炎球や熱風が、スウェイを包み込んだ。集中された炎の熱が、兵士に伝わる。

「やったか⁉」

その様子に手応えを感じ、周りから歓声が上がる。

しかし炎と土埃が消えた瞬間その歓声は鳴りを潜めた。『魔法使い』の放った炎魔法、その悉くが氷に阻まれ、表面すら溶けていない。

「なっ！　炎を受けても溶けないだなんて！」

「つまらない、【突き穿つ氷の槍】」

「ぎゃぁ‼」

氷の壁から発生した巨大な氷の槍が魔法使いの身体を貫いた。死んではいないようだが、身体の一部、特に喉が凍りつきこれではもう戦えない。

兵士達は尚も自らの武器を構えるが余りの力の差にガチガチと歯を鳴らす。

「無駄よ、無駄無駄。貴方達では此方に敵わない。諦めてこの都市を放棄なさい。今ならまだ命は取らないであげる」

「ふざけっぐぁぁぁあ!!」

歯向かおうとした兵士が氷による攻撃を受ける。

ゆらりとスウェイの背後に数十の氷槍が形成される。そしてそれらが彼女を囲む兵士一人一人の肩や足を貫く。

今この場にいる兵士は商業都市の精鋭だ。

冒険者の戦闘能力に表すと《二星》や《三星》クラスはある手練れもいた。

その誰もがスウェイには敵わない。

パキパキと、氷が広がる。ジワジワと、侵蝕するように大地が凍っていく。

「氷は全てを凍らせる。身体も、魂も、大地も、全て。此方は八戦将にして『氷霧』の名を持つもの。分かったのならば身の程を弁えてひれ伏し、こうべを垂れ、命を惜しみなさい」

「ひ、ひぃぃぃ!」

「くそっ、もうダメだぁっ!」

「都市は放棄する! 撤退だ! 撤退しろぉ!」

最初の気概は何処へやら、兵士らは誰一人残らずその場から逃げ出した。残ったのは折られた槍や剣の残骸のみ。

この都市を守るはずの兵士達は屈し、その役割を放棄した。

「自分達が都市を守るだなんて大層なこと言っても、これが人の本性よ」

何処と無く吐き捨てるようにそう呟くスウェイ。そのまま他の兵士がいるであろう所へ向かおうとすると一人の女の子が泣きながら路地裏から現れた。

「おかあさ〜ん！　ひぐっ、どこぉ〜！」

ぐずぐずと泣いている少女は迷子だった。

スウェイから逃げ出す人々に押し流され母親から離されてしまったのだ。

「おかあさ〜ん！　えぐ、おか、おかあさ〜ん」

「無駄よ、貴女の母親は来ないわ」

「ひっ、だ、だれ？」

「さぁ、誰だって良いじゃない」

少女は突然現れたスウェイに怯える。

スウェイは先ほどの言葉、そしてこの様子から女の子が親と逸れたのだと推測する。

「可哀想に、貴女は見捨てられたの」

「ひっく、みすてられた？」

「そう。人は所詮、自分の命が大事だもの。貴女の母親も貴女のことを見捨て逃げ出した。だから迎えは来ない。貴女はずっと一人よ」

「そんな……うそ、うそぉ……うぐ、ひっく。うわぁぁあぁぁぁん！　おか、おかあさっ、おかあさ～ん！」

耐えきれなくなったのか少女はわんわんと泣き出した。

「あぁ、本当に憐れで可哀想な子……」

――おかあさ～ん！　どこにいるの～⁉　ごめん、ごめんなさいっ、ひっく。■■・■を一人にしないで～！

何処か、何かを思い出すような遠い目をするスウェイ。

その隙を突くように、何かがスウェイの前に投げられ、爆発し煙が生じた。

「何ッ⁉」

突然の煙にスウェイは驚く。敵かと思い、追撃を防ぐ為に自身の周りに氷の壁を作る。

しかし、予想していた攻撃は来ず。気付けば側にいたはずの女の子もおらず。

何処へ、と視線を巡らせると離れた所で女の子を抱えた、赤い髪の仮面をした男が居た。

◇

「大丈夫かい？」

「ふぇっ。だ、だれ？」

泣いていた女の子は俺の顔を見て驚く。

その姿を見て目は腫れているけど、怪我がないことに安堵した。

逃げ出す兵士達を見た俺は、また魔物が現れたのかと思い、現場に急行した。

そこに居たのは女の子の側にいたスウェイだった。

スウェイが何か手を出そうとしていたと思った俺は、すぐさま女の子をスウェイから離れさせる為、煙玉を撒いた。

女の子は俺の姿を見て困惑していたが助けられたことに気づき、安堵しているようだった。その一方でスウェイは不快げな雰囲気を醸し出す。

「何者？　邪魔をするなんて不粋よ。極めて不愉快だわ」

「そっちこそ、幼気な子供を泣かせるだなんて、酷いことをするじゃないか」

「事実を言ったまでよ。現にあの娘の母親は来ないじゃない」

「この状況を生み出した本人が言うだなんてたちが悪いね」

「皮肉のつもり？」

「真実だろ？」

俺は言葉を交わしつつ、スウェイを観察する。

『氷霧』のスウェイ。会うのは『迅雷』や『豪傑』と共に、三人で襲ってきたあのとき以来か。だが、奴自身の情報自体は多い。

実は奴に襲われた場所は八戦将の中で、唯一直接的な死傷者が出ていない。無論、都市一つ陥とす怪物には違いないのだが。スウェイがフードの奥で目を細めた気配を感じた。

「ふ～ん、中々口が回るのね？　でも貴方もどうせ変わらないわ、【突き穿つ氷の槍】」

『兵士』の【刺突】とは比べ物にならないスピードで氷の槍が射出される。

だが見切れない程じゃない。これなら『疾風』のオニュクスの方が速いくらいだ。

俺は女の子を抱えてその全てを躱す。スウェイは僅かに驚いたように呟く。

「躱された？　技能？」

「お、お兄ちゃんっ」

「下がって、何処かに隠れているんだ」

俺は女の子を建物の陰に避難させ、スウェイへ向き、剣を構える。

「……スウェイ！　狙いは俺だろう!?　なら俺の相手をしろ!!」

「言われずとも。ならばこれでどう？　【蠢く氷河】」

パキパキと、波のような氷が地面を伝って鋭利な棘となって迫り来る。

俺は剣を構え、その波に向かって走り出した。

自らの足に氷が到達しようとした瞬間、跳躍し、途中の家の壁を走ることで接近しスウェイに対して剣を振りかぶる。

「〝緋華〟！」

「近づけさせるとお思いで？　【氷壁】」

割って入るように地面から出現した氷の壁に俺の攻撃は阻まれる。跳躍と一点に集中した〝緋華〟で、氷に僅かな切れ込みは入るが貫通には至らない。

予想はしていたがやはりそんなに甘くない……か。

氷が剣を侵食するより前に【氷壁】を蹴ってその場から離れる。

「へぇ、判断は悪くないわね。ずっと此方の氷に触れようとはしなかったもの。だけど、まだまだ甘いわ。自ら逃げ場の無いところに行くなんて。終わりよ、【突き穿つ氷の槍】」

先程と同じ、しかしより数を増した氷の槍。

俺は回避した所為で空中。これでは回避する場所はない。

――だがそれがどうした？　回避出来ないのなら、

「迎撃するだけだッ！　〝沙水雨〟！」

剣を構え、迫り来る氷の槍に向かって俺は剣を振った。

幾ら絶技を磨こうとも、その技術は技能には及ばない。

確かに、俺はその技で既に数多の魔族と魔物を倒した。だが、それでも『大魔法使い』級のスウェイと、剣士である俺。普通なら両者の力関係には深い溝がある。

俺が勝るもの——それは観察眼と身体能力。俺は己に向かって穿たれた氷の槍の脆い部分、その全てを見切り、見極め、剣を振って精緻に、精密に全てを迎撃する。

〝沙水雨〟とは、その為の絶技だ。

元々は、聖剣を扱えていた頃、技能に頼らずとも戦えるようになる為に訓練してきた動きを基にしている。

降り注ぐ雨全てを剣によって一滴一滴弾く為に、来る日も来る日も雨が降った日は剣を振ってきた。それは聖剣が重くなった日にも続けてきたほどだ。

迫り来る氷の槍を、斬り、砕き、逸らし、割る。

技能がなくなろうと剣を振り続けた。来る日も来る日も振って来た。その日々は決して無駄ではなかった。俺の絶技によって氷の槍は全て砕け散った。

「全部砕かれた？　硬度が低いとは言え、たかだか一人の人間に？」

驚いたと言わんばかりのスウェイ。しかしそれよりも俺はあることに気付いた。

「しまった⁉」

間違いなく、俺の絶技はスウェイの【突き穿つ氷の槍】を迎撃せしめた。だけど、装備はそれに追いついていなかった。ファッブロの剣は頑丈さに重きを置いたのでその分斬れ味が良くない。だから、氷を斬るではなく割るになり、その破片は大きかったのだ。

大きく砕け散った氷の破片が当たり、飛び散った家の瓦礫が女の子に向かって降りかかる。まずい！　間に合え！

「きゃあっ」

「くっ！」

女の子を抱えてその場から離れることには成功する。

だが同時に砕けた破片の一つが当たり仮面が外れてしまった。

「……！　貴方、もしかして」

スウェイは何か気付いたように身体を震わせた。

「あはっ、あはははっ！　あー、そう。そういうことなの。まさか生きているとは思わなかったわ。成る程成る程、此方の氷を打ち砕く技量も納得いくわ。この街を陥とすことよりも貴方の方に興味が湧いたわ。ねぇ、偽物さん？」

「っ、さぁな。なんのことだろうね？」

やはりスウェイは俺に気付いた。まいったな。これが他の幹部なら良かったがアイツはベシュトレーベンやトルディォンと同じで俺の顔を知っている。スウェイに動揺を悟られないように、俺はあくまで落ち着いて振る舞おうとする。

すると突然足元から揺れた。地面を砕いて現れた魔族が女の子を捕まえた。

『スウェイ様！　捕マエマシタ、コンナヤツ俺ガ頭カラ食ベテヤリマス』

「ひぃっ！」

「なっ、その子を離」

「【瞬間凍結】」

俺が剣を振るうよりも早く、スウェイの手から放たれた超低温の魔法が、女の子を握る手を除いて魔族の身体を全て凍らせる。

「貴方達は兵士の相手をしていれば良いの。此方の邪魔をするな」

凍った魔族が割れ、女の子が落下するのを俺は慌ててキャッチした。

スウェイはその様子を一瞥するも動かない。

仲間割れか？　どちらかといえば、スウェイが一方的に手を下したように見えたが。一先ず俺は改めて女の子を庇うように立つ。それでも尚、スウェイは動かない。

「ねぇ、偽物さん。どうして貴方は生きているの？　死んだと聞いていたのだけれど」

「素直に答えると思うかい？」

「いいえ、思ってないわ。だからそう、これが終わったら尋問してあげる。身体中を氷漬けにして……ね」

スウェイは完全にこちらに狙いを定めた。

そのことに関しては目論み通りで嬉しいが、同時に感じる重圧に背筋が冷たくなる。さっきから放たれる氷の冷気も合わさって身体の芯から凍りそうだ。

だがそれよりも心配なことがあった。

「ひっ」

「大丈夫だよ」

後ろの女の子が心配だ。

さっき魔物に襲われたからか、一人で逃げ出すことに対して恐怖に駆られている。この子を庇って戦うのは……厳しい。だけど見捨てることも出来ない。

どうするかと対峙する俺達に、誰かの呼ぶ声が聞こえた。

「セリア！　何処にいるのセリア!!」

「あっ！　おかあさん！」

現れたのは、この娘の母親だった。魔物が蔓延る中、娘を捜しに来たのだ。

女の子は俺から離れて母親に抱(だ)きつく。

「おかあさん！　ひっぐ、えぐ、うわぁぁぁん、こわ、こわかったよぉ～!!」

「セリア！　ごめんね！　一人にしちゃってごめんねっ!!」

お互いに泣きながら抱きしめあう親子。

そこにあったのは深い愛情。母親は娘の為に危険を冒(おか)してここまでやって来た。スウェイが言っていたように見捨ててなんかいなかった。

「どうやら当てが外れたみたいだね。君が思うほど親子の絆(きずな)は脆くないよ……ん？」

何故(なぜ)だかスウェイの様子がおかしい。ブツブツと親子の方を見ては何かを呟いている。

「迎えに来た？　なんで、死ぬかもしれないのに。おかしい、おかしい、おかしい。親子の絆なんて脆いもの、あってはいけないもの。なのに、なんで、なんで、なんで」

奴(やつ)は俺ではなく、親子を通して誰かを見ている。

「なんで」

繰り返し呟かれる言葉。その声色(こわいろ)は、何故か寂寥(せきりょう)に満ちていた。

「なんで……此方(こなた)だけ……」

なんだ、スウェイは一体誰を見ている？

やがて、スウェイが頭を掻(か)きむしると、パキパキとスウェイの周りに氷が形成される。

初めの一撃で凍らせて置いた氷も集まり、次第に最初に乗っていたよりも巨大な華がスウェイの足元に形成される。更には底冷えするほどの寒さが辺りを包み込む。

「あぁ、あぁ。うるさいうるさいうるさい。妬ましい嫉ましい。どいつもこいつも此方に見せつけて。うるさい不快不愉快。全て、総て、凡てを凍らせてあげる」

ヒュユユウと不気味な風切り音と冷気がスウェイのもとに集まりだす。

上空からはスウェイの乗っていた氷の華が。

家からは凍らせていた氷の塊が。

大地からは凍結していた氷が。

それら全てを包む、スウェイの足元の巨大な氷の結晶。

異様な空気。異様な気配。

「これはっ⁉」

否応無しに俺は警戒する。そしてスウェイは一言呟いた。

「【動く氷巨像】」

氷の華を中心に巨大な氷の巨人が出現した。

◇

魔王軍の幹部は桁外れの力を持つ。それはたった一人に対し国の軍隊が敗北したという逸話があることから分かる通り、その力は圧倒的だ。

例えば『爆風』の名を持ったダウンバースト。奴は戦いの最中上空から強力な風の爆撃を繰り返した。その威力は凄まじく、避難させた民には被害が出なかったが歴史ある建物は全て破壊された。『魔法使い』であっても精々竜巻を一つ作るのが関の山だ。それほどまでに人と魔族には隔絶した差がある。

だから氷を操るスウェイのこともそれに匹敵する程の実力者だとは思っていた。

思ってはいたが。

「さすがにこれは予想外だろ⁉」

周りの家々より高い氷の巨人に俺は叫ぶ。

【動く氷巨像】とスウェイが呼んでいた頭のみ華の形をした氷の巨人は、その圧倒的質量を以てして都市を破壊しようとしていた。最早注意を引く所じゃない。都市全体が危機に晒されている。

決して甘く見積もったつもりはなかった。

最大限の警戒もしていた。だが、今の状況は俺の考えが浅かったことを示していた。

「早くこの場から離れるんだ！」

「は、はい！」

「お、おにいちゃん！」

「こっちは大丈夫だ！　行け！」

俺の剣幕に圧され、走り出す親子。その間も、スウェイは手を出さなかった。

『足手纏いはいなくなったみたいね。なら、始めましょうか、偽物さん？』

まるで洞窟内で反響したみたいにスウェイの声が重なり合う。

親子が去るのを見届けて前を向くと、スウェイは俺に向かってパンチを繰り出した。

質量が増したことにより、遠近感が狂い、とても速く感じる。俺はそれを躱す。

轟音。衝撃。地面は簡単に粉砕された。

更に陥没した元いた箇所が瞬く間に凍ったのを目にした。

「くっ、やっぱり攻撃した箇所も凍るのか！」

捕まれば、俺もさっきの魔族と同じ結末だ。

身体の上を少し走る程度なら大丈夫そうだが長時間触れ合うのも危険だろう。

『【突き穿つ氷の槍】』

スウェイが唱えると同時に、凄まじい数の氷の槍が巨人の腕の表面から発射される。

「ちぃっ‼」

俺はそれを走ることで躱すも当たった地面や家が凍りついた。

『やっぱり貴方、中々やるわ。ベシュトレーベン相手に生き延びただけはある。でも、いつまでそれが続くかしら？　【氷柱】』

クスクスと反響したような声が響き渡る。

次いで、俺の頭上より出現した教会の柱程はあろうかという大きさの【氷柱】が降り注ぐ。その強度は高く、砕けることなく地面に突き刺さる程だ。

幸い攻撃の精度は高くない。だから躱すのは大丈夫だ。だが道を塞がれ、更には落ちた箇所から氷が広がり、俺の行動範囲を狭めていく。

それはつまりスウェイの領域が広がるということ。

「なんて影響範囲なんだッ」

まずい。本当にまずい！

この状態が続く限り、いずれ躱せないタイミングで攻撃をしてくることは目に見えている。だが、こっちの攻撃も通じない。それどころか、不用意に攻撃に転じれば一気に仕留められる可能性が高い。まさに一方的だ。焦燥に駆られるも良い手が思い浮かばない。

そのせいで聖剣さえあればと脳裏で叫ぶ自身がいる。

「違うだろう！　今更ない聖剣に頼ってどうするというんだ！」

俺は馬鹿(ばか)だ。甘い考えにすぐさま頭を振る。しかし、現状は最悪なのに変わりない。

理性が言う、一度退けと。

本能が告げる、勝てるはずがないだろうと。

「また、見捨てるのかッ⁉」

俺は見てきた筈(はず)だ。

魔王軍によって蹂躙(じゅうりん)された人々を。俺が助けられなかった人々を。

あんな光景を見たくないと誓ったはずだ。

「諦めてたまるかァッ！」

『ふ〜ん、あの兵士達(たち)と違って根性(こんじょう)あるわね。でも、それもいつまで続くかしら？　さぁ、このまま追い詰(つ)めて……ん？』

突然(とつぜん)【動く氷巨像(ヨトゥム)】に巨大なバリスタの矢が突き刺さった。

「攻撃？　兵士達は皆(みな)、逃げたはずだ。何処から」

言って俺は気付いた。

恐(おそ)らくは街を囲う防壁(ぼうへき)の上からだと。都市を囲む城壁(じょうへき)から放たれる極太(ごくぶと)の矢の雨。

鉄で出来たバリスタは浅くではあるが【動く氷巨像(ヨトゥム)】にも突き刺さり、効果があった。

『鬱陶(うっとう)しいわね。こんなモノで此方(こなた)を倒(たお)せるとでも？　【凍結する空間(フロスト・エスパース)】』

冷徹に響くスウェイの声。そして【動く氷巨像】の周囲に発生する極低温の空間。

バリスタの矢がスウェイに到達する前に凍っていく。そして重みが増したことにより【動く氷巨像】に届く前に落下する。

それでも尚、撃ってくるバリスタをスウェイは鬱陶しく感じたのだろう。

『小賢しい、退きなさい』

スウェイは巨人の腕をバリスタの方へ向ける。そして指先から放たれた【瞬間凍結】がバリスタ本体に当たる。そのまま薙ぎ払うように全てのバリスタを凍らせていく。そして破壊されたバリスタは辛くも犠牲者は出ないも、全て沈黙する。

「ッ！　くそ！」

その光景を見ていた俺は自らの不甲斐なさに歯軋りする。

止めることが出来なかった。

スウェイは巨人から辺りを見渡し、逃げ惑う人々をその目に捉える。彼らは先程の攻防を見ており、バリスタが破壊されたことでより一層混乱に拍車をかけていた。

『……馬鹿ね、愚かね。敵うはずもないというのに。さぁ、さぁ、さぁ。自らの無力を痛感して逃げなさい』

何処までも不遜に、傲慢に見下しながらスウェイは街中に声を響かせる。

そしてスウェイは俺の方に向き直る。
『さぁさぁ、戦いましょう？　貴方にはまだまだ付き合ってもらうわ』
ズズッと巨人の手を振りかぶる。
何を、と思ったらスウェイは近くにあった家々を薙ぎ払った。
倒壊した家々の煉瓦が雨あられの如く俺に襲いかかる。それはまるで石の散弾だ。
避け、駄目だ、数が多過ぎる！
「〃沙水雨〃え！！！」
雨粒すら跳ね除ける絶技で迎撃する。
周囲に人がいないから、どこに弾いても良いので迎撃には集中出来た。
だが、態々スウェイがそんな隙を見逃す訳がなかった。
『【瞬間凍結】』
ヒュンと魔族の身体を凍結させた魔法が放たれた。あれに当たったらまずい。
俺は迎撃を中断して、その場から飛び跳ねる。その際に一際大きな石が頭を掠った。
どろりと流れでる血。
だがそんなのに構うよりも俺は先程のスウェイの攻撃の意図を図り損ねていた。
何故ならスウェイの巨人の五指から放たれた【瞬間凍結】のうち、明らかに別の方向に放ったものがあったからだ。

なら何が狙いなんだ。

そう思った俺は、突然俺の左腕に衝撃と痛みが走り、凍り始めたのを見た。

「しまった!?」

背後の地面に突き刺さっていた【氷柱】が、変化していた。さながら鏡になった氷によって【瞬間凍結】が反射されたのだ。当たった左腕が徐々に凍り始める。

『【氷面鏡】……ありとあらゆるものを反射する氷の鏡よ。残念ね。貴方はよくやったわ。でも、もうお終いよ。安心すると良いわ。殺しはしない。ただ……』

スウェイの言葉など聞こえない。

今はこの状況を脱する為の手段を探すのが先決だ。

俺は壁に凍りつく腕を叩きつける。意味がない。

凍っている箇所を剣で剥ぐか？　いや、今も侵食しているのにそんな悠長な時間はない。

このままでは俺の身体が凍りつく。何か、何か手段は。

そうして周りを見てふと此処に見覚えがあるのを思い出した。スウェイと戦闘している内にアイリスちゃんと祭りを歩いていた位置まで戻っていたのだ。

「なら、もしかして」

俺は辺りを見渡す。そして探していたものを見つけた。

あれなら……！

俺はそれを目指して走り出した。スウェイも、勿論追いかけてくる。

『逃げるつもり？　逃がさないわ』

見つけたのは《大輪祭》の時、林檎飴を売っていた店の隣にあった焼き芋屋。そこには当然、焼き芋を作るために熱した石、加熱石がある。店主はいない。逃げたのだろう。

だけど好都合だ。俺は熱く熱された加熱石の前に立つ。

魔法は、詠唱者本人から離れれば離れる程に効果が減少する。スウェイが卓越した魔法の使い手であろうと、あの時の魔物と違い、脆弱な肉体のはずの人を丸ごと凍らせていないのならば、なんとかなるはずだ。

その憶測の下、凍った腕を溶かすために俺は躊躇なく加熱石の中に左腕を突っ込んだ。

「ぬ、ぐぁぁあぁぁぁッ!!」

抑えようとするも、それでも漏れた声が上がる。

痛い。痛い。焼ける。灼ける。焦げる。

十分に熱せられ、氷が溶けたと判断した俺は左腕を取り出す。俺は賭けに勝ったのだ。

だが、その結果は酷い有様だった。皮膚が爛れ、筋肉が焼かれている。指先の感覚も酷く鈍い。明らかに重度の火傷（やけど）だ。

握るだけでも痛む。だが、痛むだけだ。まだ動く。まだ戦える。剣を握ることが出来る。ならば大丈夫（だいじょうぶ）だ。

俺は笑（え）みを浮かべた。

『……貴方（あなた）馬鹿（ばか）なの？　あんな焼き石の中に手を突っ込むとかマトモじゃないわ』

「はっ！　八戦将と戦っているんだ。まともな方法で勝てるだなんて思っていないし、無傷で済むだなんて思っていない。それよりも残念だったね、俺を凍らせられなくて」

『ふん、加減しただけよ。次はそんな風に解凍（かいとう）する暇（ひま）もなく手足を凍らせてあげるわ』

再び、【動く氷巨像（ヨトゥム）】の腕をこちらに向けるスウェイ。

俺はそれを見て、歯を食いしばりながらも次の攻撃を見逃すものかと覚悟（かくご）を決めた。

『ん？』

不意に氷の巨人の肩に矢が刺さった。

【凍結する空間（フロスト・エスパース）】を解除したから凍らずに到達し、しかしスウェイには何の痛痒（つうよう）も与（あた）えない矢だったが、視線を逸らすのには充分（じゅうぶん）だった。

「うぉおおおぉ！　【一撃粉砕（いちげきふんさい）】」

建物の陰から現れた人影（ひとかげ）がその身の丈（たけ）と同じ大きさの戦鎚（ウォーハンマー）を振るい、氷の巨人へ直撃（ちょくげき）

した。重量級、それも飛竜の頭を粉砕出来た一撃を足に受けるも氷の巨人は倒れるどころか姿勢を崩しもしない。

「はぁっ！　やっぱり膝を攻撃しても意味ないか！」

「そりゃ、生物じゃないしね！　ゴーレムみたいなものよ！」

「すでにバリスタからの攻撃の傷も再生してます。正に打つ手なしとはこのことですね」

「おいおい、感心している場合かい！」

騒がしくも現れたのは見覚えのある三人。間違いない。

「バディッシュ！　それにランカくんにミリュスさん！　どうしてここに」

「街にいた魔物と魔族なら全て倒した！　兵士と冒険者の協力もあったし、思ったより数もいなかった！　それに人間を人質にするような奴もいなかったからな。ん？　なんだ、お前。仮面の下は、そんな顔をしていたのか。それよりもなんだ、あれは！」

「奴は八戦将のスウェイ・カ・センコだ！」

俺の言葉に三人はギョッとした顔をする。

「八戦将！！？　おいおい、やべー奴とは思っていたがなんでそんな魔王軍の大物がこんな街にいるんだよ!!」

「うそ!?　そんなの敵うわけないよ！　逃げよう！　今すぐ逃げようよ！」

「いや、無理ですよ。攻撃したせいか明らかにこっちに目が向いてます」

ミリュスさんが泣き言を言い、ランカくんが冷静に戦局を読む。

「へっ、ケツ叩いたのが随分とおかんむりのようだな。お前ら逃げても良いぞ」

「そうですね。……逃げはしないですよ。此処から僕の故郷、近いんですよ?」

「うぅ……バディッシュの無茶振りは今に始まったことじゃないものね。わかったわ、あたしも腹をくくるわ」

「お前ら……へっ、良いか。絶対に死ぬんじゃねぇぞ！　おうよ、アヤメ！　こっから先はオレ達も付きあってやるよ！」

無謀だ、馬鹿なことを、なんてことをだなんて俺は言わなかった。

それは俺も同じだ。

彼らはそれを分かってなお此処に来た。死ぬかもしれない場所に。

街の人を、故郷を守る為に。その心意気を感じ、無下にすることなど出来るはずがない。

だからこそ俺が言うのは一言だけだった。

「ありがとう、助かるよ」

三人はにっと笑った。

『また……！　なんでよ、なんでみんなして此方の邪魔をするのよ！　見捨てれば良いじやない！　不愉快よ、潰れてしまえ！　【巨氷の天雹】』

苛立ちか、怒りからかスウェイは声を荒らげる。

だけど、何故だろうか。

戦闘中だというのに、どうしてか俺には小さな子どもが駄々をこねているように見えた。

スウェイが唱えると同時に上空に膨大な数の氷が形成される。局地的に俺達に向かって降り注ぐボールほどの大きさの雹。

「大丈夫です！　これなら自分が撃ち落とせます、【必中の一矢・連射】」

弓矢を携え、瞬く間に迎撃するランカくん。

放たれた多数の矢は瞬く間に雹を砕く。どうやら数は多くても、強度は大したことがないらしい。一矢たりとも、ランカくんの弓矢は外れない。

『小賢しいわね、邪魔よ。【大氷塊】』

しかし、次には雹が集まって、まるで岩の如く巨大な氷の塊が形成された。

「あ、これは無理です」

「来るぞ！　散開！」

バディッシュの掛け声に全員その場から逃げ出す。

彼らが元いた場所の付近にあった家を簡単に粉砕する。響く轟音。

「おい、ミリュスッ！　アヤメェッ！　オレが隙を作る！　奴に一発食らわせてやれ！」

その最中バディッシュはそう叫ぶと同時に、【動く氷巨像】に近づき戦鎚を振るう。

「オラオラァッ！　不格好な銅像作りやがって！　もっと精巧に作りやがれ！」

怒りながら吼えるバディッシュ。その隙に、ミリュスさんが杖を構え、詠唱する。

「【圧縮された風よ、相手を切り裂け、鋭利に、深く、速く！　風の鎌】」

その隙に、ミリュスさんが唱えた鋭利な風が【動く氷巨像】に着弾するも、傷一つない。

『只のそよ風、『爆風』に全く及ばない風で何が出来るというの？』

「やっぱり効いてないぃ!!　もう嫌ぁぁ!!」

「オレもだ！　あぁ、くそったれ！　攻撃が来るぞ、さっさと走れ走れ走れぇ！　凍ったらどっかの貴族様に飾られる氷像になるぞ!!」

「それもいやぁぁ!!」

逃げるバディッシュ達を追うスウェイ。

その巨人の右手に強大な魔力を練っている隙を突く！

「彼らに気を取られ過ぎだ！　〝緋華〟！」

建物を登って背後から飛び出し、【動く氷巨像】の背中を攻撃する。

スウェイの隙を突いた、渾身の突きだ。だが。

ギインッと、到底氷を斬ったとは思えない音が鳴った。

魔法によって形成された属性は、術者によって差異が出ると言われている。本人が離れるわけでなく直接操っているとはいえ、只の氷なのに鋼鉄並みの硬度を誇るスウェイの技量は、やはり卓越しているのだろう。

「うっ、ぐぅッ……！」

固い氷に剣を叩きつけた反動で火傷した左手が痛む。皮膚も裂け、出血する。だが、諦めずにもう一度、剣を振るう。

再び、硬質な音が鳴る。やはり手応えはない。

だが、だからといって諦めてたまるか!!

【動く氷巨像】は硬い。だが、巨像が人型である以上必ず構造的に脆い部分がある。

肘、膝、股、首、目――何処でも良い。それを探すだけだ。

俺は【動く氷巨像】の上を走って、出来うる限り連撃を至る箇所に加える。止まることは出来ない。止まれば足元から凍っていく。

ならば最小の動きで、最大の距離を稼ぎ攻撃を加える。

『ちょこまかと、やっぱりあんな小物よりも貴方の方が厄介ね』

背を駆け上がる俺に気付いたスウェイが上空に【氷柱】を出現させて、自らの

【動く氷巨像(ヨトゥム)】に突き刺していく。俺は、何とかそれを躱す。

更には水平方向に【突き穿つ氷の槍(ピアス・アイス・スピア)】が形成され、射出される。

夥(おびただ)しい数の氷の槍を〝沙水雨(さみだれ)〟で迎撃する。

常に走りながらの迎撃だ。けど、次第(しだい)にスウェイがいる氷の華の部分に近付いた。

「もう少し……!」

『【凍(い)てつく風は吹雪(ふぶき)となり、華は散りて幾星霜(いくせいそう)、永遠に魂(たましい)まで凍(こご)えよ、天閃氷華(アンテノーラ)】』

スウェイが唱える声。

四方八方から氷の華が現れ、高速で回転し冷気を放ってきた。更に細かく散った鋭利な氷花弁で攻撃してくることで俺を斬り裂く。更には低温の風で凍らせせようとする。

左右前後に躱せる所は、ない。

「いや、一箇所だけある!」

『これで……何⁉』

俺は思い切り上に跳躍する。凍てつく吹雪を避(さ)けて、空中の氷の華を足蹴(あしげ)にした。一気にスウェイのいる頭部の華へ近づく。

「〝月凛花(げつりんか)〟」

上空からの着地と同時に横に一閃(いっせん)。何処でも良い、俺の攻撃が通用する場所を探す。そんな思惑から使った絶技だが。

　パキィンと音が鳴り、微かだが氷が割れた。

「今のは、うぉ⁉」

　小賢しいと思ったのか、スウェイは巨人の腕で俺を叩き落とそうとしてきた。間一髪で避けるも、俺は体勢が崩れており、しかも空中だ。もしこの状態で【突き穿つ氷の槍】を撃たれたら終わる。

　俺はその時、アイリスちゃんから貰っていた、全ての煙玉を投げた。

『っ、また煙？』

　氷に包まれたスウェイにダメージはないがそれでも目眩ましにはなる。実際にスウェイは俺を見失う。その隙に体勢を整えて屋根に着地して、家々の陰に隠れる。

「はぁ、はぁ。厳しいな、これは」

　わかっていたことだが。

　俺の攻撃は殆どがスウェイには通用しなかった。それどころか、俺は【天閃氷華】で発生していた氷花弁のせいか至る所から出血している。このまま長期戦にもつれこめば俺の方が不利になるだろう。

「だが無理をした収穫はあったな」

スウェイの【動く氷巨像(ヨトゥム)】について、ある程度のことは分かった。

今まで、【動く氷巨像(ヨトゥム)】自身にはいかなる罅(ひび)を入れることも出来なかった。しかしバディッシュの時と違い、俺の攻撃した箇所でほんの少し罅が入った所がある。

背後からだったが人間でいう頭に当たる箇所の氷の華、そこだけが脆い。内部にいるスウェイ本人には届かなかったが、少なくとも氷が割れたのだ。

ならそのことを彼らに伝える必要がある。そのまま俺は路地裏へと身を潜(ひそ)めた。

『む、どこにいったの？』

後には煙が晴れ、俺達を見失ったスウェイだけが取り残された。

◇

途中(とちゅう)合流したバディッシュ達と路地裏で息を整えていた。その際に軽く出血した箇所を手持ちの包帯でぐるぐる巻きにしておく。

「はぁ……はぁ……よぉ、そっちはどうだ」

「無理だよ、無理……そろそろ魔力つきそう……」

「僕もこれ以上は。余り矢もありません……」

バディッシュ達もかなり疲弊(ひへい)していた。

無理もないだろう。あれだけの大物相手に未だ生きていることが幸運だ。

状況は宜しくない。こっちの攻撃は通じず、向こうばかりが一方的に攻撃出来るのだ。無駄と知りつつも攻撃しなければならないことは肉体的、精神的にも疲労が出る。

それに魔力の差も大きい。あれだけの力を行使しても、スウェイは疲れた様子を微塵も見せなかった。同じ『魔法使い』のミリュスさんは疲弊しているのにだ。

「……やはりそう簡単にはいかないか」

元より覚悟はしていたが、余りにも悪い状況に眉をひそめる。

魔物と魔族はバディッシュの話だともういないが、スウェイがいる限りこの都市は陥落したも同然だろう。

だからこそ、スウェイを倒す必要があるのだがその手段が思い浮かばない。

「それでこれからどうするよ？　やっこさん、オレらが何処にいるのかは気付いていねぇみたいだが」

「巨体ゆえに死角は多いのかな。でも、氷のせいで隠れる場所も限定されちゃうわ」

「だが、あんまり隠れてもいられない。もし標的を俺達から市民に変えたら大変だ」

「でも、無策では勝てませんよ」

ランカくんの言葉は真実だ。だから俺は先程の戦闘で気付いたことを彼らに告げる。

「いや、一つだけ分かったことがあるんだ。【動く氷巨像】の頭部である華。スウェイが内部にいるところだけど、彼処だけが他と比べて脆い」

「なに？　本当かよ、それは？」

「あぁ、間違いない。攻撃した時、僅かだが氷が砕けたんだ。罅も入ったしね。他の場所ではビクともしなかったのに」

　スウェイの慢心か、それとも魔法の弱点かわからないが少なくとも技能ではない、俺の絶技でも頭部の華には攻撃が通じたのだ。

　ならそこを攻撃すれば良い。理屈ではわかっているのだが……。

「しかし、弱点が分かってもどうしようもありませんよ。僕らでは彼処に近付くのも困難ですし、唯一狙えそうな壁のバリスタは先程の攻撃で全滅しています」

「あたしも、魔法をただのそよ風扱いされた……。多分、あたしの魔法じゃ何やっても通用しないと思う」

「オレの【一撃粉砕】なら、って言いたいところだがあんな所まで行けるとは思えねぇ」

　問題はそれであった。

　弱点らしきものは見つかった。だが、そこを攻撃する為の手段がない。スウェイも馬鹿ではない。もう一度俺が攻撃しようとしたら全力で迎撃してくるのは目に見えていた。

全くと言って良いほどあの【動く氷巨像】の攻略法が思い浮かばない。

（こんな時、ユウがいれば……いや！　何を考えているんだ俺は!!）

暗くなる雰囲気に、つい弱気になる。

いない幼馴染をつい思い浮かべてしまうほどに。ユウならばこの状況を打破出来る策を考えられるのではないかと。『爆風』を倒す光明を見出した時みたいに。

だがいない人を頼っても、何も事態は好転しない。

俺は自らを叱咤する。その際、凍えるような寒さに身を震わせた。

「はぁっ……寒いね、ここは」

俺達は今、体温を奪われている。

スウェイが攻撃した後の場所は凍りつき、冷気を放っている。お陰でこの場一帯の気温が下がっている。さながら冬のようだ。

やはりスウェイを倒すには、【動く氷巨像】の頭部を攻撃するしかない。

だがそれを破壊するには俺の力と、剣の力が余りにも不足している。

「希望があるとすれば、やはり氷である以上ある程度火の効果があることか。だが」

俺の腕を解凍出来たように、熱があれば奴の氷を溶かすことは出来る。

だが、奴自身を覆う氷を突破出来るほどの火を起こす術を俺は持っていない。最高峰の

『火の大魔法使い』であるメアリーですらスウェイの氷を突破出来なかったんだ。

単純な火ではダメだ。もっと大きな火と、そうだな衝撃があれば――

「あっ……」

思わず呟いた言葉。そのことに気づいた三人が視線を向けてくる。

「どうしたアヤメ？」

「何か妙案でも？」

「あぁ、いや。そうだな、聞いてくれるか？」

その時脳裏に浮かんでいたのはユウだった。

あいつもこんな風に作戦を考えては、俺達に話していた。俺はユウみたいにはなれない。

だけど、側で見続けてきた。その真似事なら出来るはずだ。

俺は自らの考えた作戦を彼らに打ち明けた。

俺の語った内容に彼らは驚きながらも、得信したように頷く。

「……いけるぞ、それ。幾らオレの攻撃やバリスタが通じないあの巨人でも、元を正せば氷だ。なら通じない訳がない」

「あぁ。俺もそう思ったんだ。だが……それだと彼らを危険に晒す」

そう、問題はそれであった。

「戦闘職でもない彼らを巻き込みたくない。それに、そもそも避難している可能性が」

「いや、いるだろう、あそこの頑固さは筋金入りだ。危険と言われて、はいそうですかと退避する輩じゃねぇ」

「昔、あの工房を取り込もうとした他の都市の大商人の話も蹴ったくらいですよ」

「凄く頑固なんだよね。技も見て覚えろって言って、全然教えてくれないってシンティラさんもよく言ってたよ。ある意味、女神様全否定だよね」

「……だがそれでもやはり少なからず危険はあるんだ。スウェイも馬鹿じゃない。きっと撃ってきたとわかったら葬ろうとする。そうなれば、きっと彼らは」

「アヤメ。この街はな、オレもだがあそこの工房の連中にとっても故郷なんだ。ならその街を守る為には何だってしたいんだ。お前が思ってるのは杞憂だ。お前が思うほどオレ達は弱くねぇよ。それによ、他に手段はねぇんだろ？」

「それは」

わかっている。今の俺一人じゃ、八戦将は倒せない。

俺の力じゃ、スウェイに届かない。彼らの力を借りたら勝機はあるかもしれない。

だが、彼らを命が懸かった戦いに巻き込むというのが、俺はどうしても納得出来なかった。でも同時にそれが最良だと、唯一の光明になるともわかっていた。

酷いやつだ。

自分で考えておきながら。彼らを巻き込もうとしているのは自分なのに。

俺はまだ迷っている。

そんな俺の気持ちを分かったのか、バディッシュが無事な俺の右肩を叩く。

「それに、あの爺さん達、お前が言わなくても、オレらがやられて工房を襲われそうになったら死なば諸共で撃ち出すぞ。なら、その前に今の作戦を告げた方が、勝率は高い。そうすれば、全員生き残れる」

「彼らはあたし達が守ってあげたら良いしね」

「僕も。……やらずに後悔するよりもやって後悔する方が良いです」

彼らは既に覚悟を決めていた。

……なら、俺も覚悟を決めよう。

もし仮に、それでバディッシュ達と彼らが死んだらそれは全て俺の責任だ。その罪は俺が死ぬまで背負っていく。

顔を上げる。

決めたのなら時間が惜しい。今すぐにでも頼まないといけない。

「わかった。彼らに頼もう」

「おうよ。まぁ、ないとは思うが万が一断られたらオレらは終わるな。それで誰が伝えに行く？」

「あぁ、待ってくれ。俺は通信出来る魔法具を持っているんだ。それでまずアイリスちゃんに伝えるよ」

「通信出来る魔法具？　よくそんなのを持っていましたね。国や軍でもなければ普通持っていませんよ」

「あはは……、ちょっとした掘り出し物でね」

嘘は言ってない。実際『疾爪』のオニュクスが持っていたのを拝借しただけだ。

俺は腕輪のスイッチを押し、アイリスちゃんに繋がるのを待つ。一呼吸する暇もなく、アイリスちゃんは出た。

「アイリスちゃん聞こえるかい？」

『アヤメさん⁉　大丈夫ですか⁉』〈カウカゥッ〉

「あぁ、大丈夫だよ」

真っ先に俺を心配する彼女の様子に嬉しくなって苦笑する。

「そうですか……良かったです。それにしても、なんですかあれは！　頭だけ花なんてすっごくバランスが悪いのです』

「つっこむのそこなんだ……。それよりもお願いがあるんだ。君の近くにあるダルティス工房に行ってダルティスに伝えてくれ。そこから見える巨人(きょじん)を花火で撃てないかって」

◇

スウェイは【動く氷巨像(ヨトゥム)】の上から辺りを見渡す。

『何処に行ったの……』

睨(にら)みながら捜すも見つからない。

巨人は大きいが、肝心(かんじん)の目となるのはスウェイ自身だ。ならば視界には限りがある。【氷面鏡(スペクルム)】で探索(たんさく)するも、商業都市リッコはその成り立ちから様々な形状の家々が乱立していて、裏路地も含(ふく)めると一度逃(に)げられたら再度見つけ出すのは、たとえこの都市の兵士でも難しかった。いかに高さというアドバンテージを得ても隠れた人間を捜すのは難しい。

スウェイは思考する。

いっそのこともう一度【凍てつく氷の息吹(コキュートス)】で炙(あぶ)り出すか。それか全方位に【突き穿つ(ピアス)・氷の槍(アイス・スピア)】を放って街中を無差別に破壊(はかい)するか。

いや、とスウェイは首を振(ふ)る。

そんなことをする気も起きない。今の奴(やつ)にそんなことをすれば死んでしまう可能性があった。そうなったら意味がない。

（だけど、だからといって足を掬われる気はないわ）

スウェイは最早フォイルを侮ってはいなかった。

理由はわからないが、最後に会った時より明らかに身体能力が増している。スウェイは冷静に自らにその剣が届きうる可能性があることを把握していた。

しかし、それは生身での話だ。

今のフォイルには聖剣がない。つまり、【動く氷巨像】を貫くほどの力を持っていない。奴の攻撃はもう、自身には届かない。先程は接近されたがそんな轍を二度踏むほど愚かではなかった。

ならばこそ、今此処で奴を確保してやろうと躍起になっていた。

『絶対に、捕まえてやるわ。ん？』

カンッと己の【動く氷巨像】に矢が、本当に浅く刺さる。

スウェイは矢の飛んで来た方向へ視線を向けると、フードの下の唇を左右にあげた。

矢を撃って来たランカではなく、街中に作り上げた【氷面鏡】に映ったフォイルを見つけたからだ。スウェイはすぐさまその箇所に向けて【突き穿つ氷の槍】を放つ。

フォイルは不意打ちにも拘わらず、避ける。そしてまたも剣を構えて向かって来た。

それで良い。逃げられなければ良いのだ。

『はっ！　逃げなかったのね、それだけは褒めてあげる！』

奴は自らの氷を破ることは出来ない。

必ず捕獲してやる。

そして真意を問いただすのだ。そうすれば、もしかしたら、あいつも。

スウェイはある期待を胸に秘めながらも戦闘を継続するのだった。

◇

戦いは激化の一途を辿った。

アイリスちゃんがダルティス達から了承を得たと聞いた後、俺達は再びスウェイの前に姿を現した。最早殆どの場所が凍りつき、無事な所を探すのが難しい。

どんどん足場が狭まる此方に対して、向こうは攻撃すればするだけ此方に干渉出来る場所が増えるのだ。

まだだ。

まだ、準備が整っていない。だからこそ時間が必要だ。

隠れていては、いつ周囲に向かって無差別に攻撃するかわからなかったアヤメ達はその為に姿を現したのだ。

　だが、スウェイはそんな時間を稼ぐことも許さなかった。

「あぐぅっ、あ、足が」

　戦いの最中、氷の槍を避けたミリュスさんだが、躱した先にあった凍らされた地面に足を取られた。氷はパキパキと生き物のようにミリュスさんの足をつたい、動きを止める。

「ミリュスさん！」

『行かせるとお思いで？』

「なっ、くっ」

　俺の進路の先に巨大な【氷柱】が降り注いで道を塞ぐ。

　周囲の建物も凍っていて迂回出来ず、これでは通ることが出来なかった。

『他は雑魚だけど、貴方が一番厄介。だから煩わしい雑魚を倒した後、貴方を集中して潰すわ。まずは一人目……！』

「ひっ！」

「ミリュスゥ!!」

「ダメだ、射線がッ。避けてください!!」

　バディッシュが叫び、ランカくんが逃げろと吠える。

それがどれだけ無茶(むちゃ)か、二人にもわかっていた。だけどそうせずにはいられなかった。ミリュスさんは【風の鎌(カマイタチ)】を唱えて撃ち出すもバディッシュの戦鎚(ウォーハンマー)すら防いだ【動く(ヨト)氷巨像(ウム)】には通じない。

今にもミリュスさんが掴(つか)まれるという所で、突如(とつじょ)として爆発(ばくはつ)した。

爆発した時の余波の熱でミリュスさんを捕(と)らえていた氷も溶け、ミリュスさんは爆風(ばくふう)で転がり回る。

「わぁぁ！　生きてる!?　あたし生きてるよね！！？」

「生きてますよ」

「まぁ、格好は酷いがな。下着見えてんぞ」

「えっ!?　きゃぁぁぁ!?」

三人の会話を聞きながら、俺は撃ってきた方向へ目を向ける。

「今のはッ……！」

そして捉(とら)えた、空中を飛翔(ひしょう)する複数の玉。それがスウェイに着弾、再度複数の爆発音(ばくはつおん)。

『くぅっ、一体なに!?』

氷の手は砕(くだ)けはしなかったが、スウェイは襲ってきた熱に驚いた声をあげた。

◇◇◇

「親方、一発外れました！」

「馬鹿野郎、もっとちゃんと狙え！」

「痛いっ！」

叩かれるシンティラ。ズバゴッと人の頭を叩いたとは思えないほど重く鈍い音が鳴る。

ダルティスはその間も次の玉を用意するように声を張り上げる。

「ほら次の玉早くしろ！　玉遊びならガキの頃やったことあるだろうが！　今更母親の手を必要とする訳じゃねぇだろ！」

「うるせぇ、次はもっと正確に当ててやる！」

「さっさと点火しやがれ！」

「よーし、良い心意気だ！　ほら急げ急げ！」

ダルティスの言葉に花火師達が返事をする。ダルティス工房は、街の中でも少し小高い位置にある。周りを防壁で囲まれているが、資材自体は外に持ち出すことも出来る。

花火を打つ為の筒を並べた後、本来上に向かって打つ花火なので筒の角度の調整に難儀したが、設置した後は片っ端から撃ち続けた。何せ目標はでかいのだ。外す訳が無い。

慌しく動く花火師達。側にはアイリスとジャママもいた。アイリスは繰り返し轟く音に、時折ビクッとするジャママを抱えつつもそれに負けないくらいに声を張り上げる。

「あの！　アヤメさん達には当てないでくださいよ！」

「分かっておるわ！　何年この仕事やってると思っている、そんなヘマなんぞするか！」

アイリスの言葉に吼えるように答えるダルティス。そこにシンティラの泣き言が入る。

「親方ぁ！　なんでこんな頼み引き受けたんですかぁ！　逃げましょうよぉ！　というかボク逃げる準備の最中だったんですよ！」

「馬鹿言うな！　此処はワシらの故郷だ！　そして長い歴史のある《大輪祭》、それを担うワシら工房が逃げ出すなんてありえん！　そうだろ、馬鹿野郎ども！」

「「「おうよ!!」」」

シンティラ以外の花火師達は誰一人として怯えていなかった。ダルティスはそんな彼らを頼もしく感じた。

「ふんっ、まさかこれを打ち上げるんじゃなくて魔族に向かって撃つことになるとはな。だが、しのごの言ってる場合ではないか。お前ら、角度を修正しろ！」

そんな中一瞬だけ何処か複雑そうな表情を浮かべるも、ダルティスは直ぐにそれを振り払い砲撃を開始する。

大きな破裂音とともに次々と花火が咲く。アイリスはこの様子ならこっちは大丈夫だと思い、街で暴れ回る【動く氷巨像】を見つめる。

「このままだと、策がハマる前にアヤメさん達が危ない……！」

ダルティス達に奥の手があるのは知っている。でも、それまでアヤメ達が耐えられるかどうか怪しかった。連絡が来た時、アヤメの息は上がっていた。何も言わなかったが、怪我だってしているはずだ。その状態であの氷の巨人の注意を引いているのだ。

「でも、でも、わたしが直接行っても足手まといになるだけ。考えて、考えてっ。危険なのはあそこにいるアヤメさん達なの。わたしに出来ること。それを考えなきゃっ」

アイリスが必死に考えを巡らせるも、何もいい案が浮かばない。何も出来ない。そのことがアイリスを追い詰める。

〈ガウンッ〉

落ち着いてとばかりに、ジャママが顔を近づける。いつの間に取り出したのか、アイリスのバッグから取り出したそれは、かつてフィオーレの町のロメオにもらった花束の一輪。

「気を遣ってくれてるのですか？　ありがとうございます、ジャママ。……あれ？　あなた、どうしてここに？」

花にぴょこんといたのは木霊だった。ロメオから花束を貰った時にいた木霊。最後にロメオの家からベゴニアの花冠を作るため再び寄った際に、いつの間にかアイリスについてきてしまっていた。木霊は何かを知らせるように宙に向かって身振り手振りしていた。

その先にいるのは精霊達。はっと何かに気づいたアイリス。

「わたしはエルフ。『自然の調停者』の一員。だったら……！」

すうっと息を吸い、アイリスは叫んだ。

「この都市にいる精霊達にお願いがあります！」

アイリスは逃げ惑い、彼女の周りに集まっていた精霊達へと語りかけた。

「貴方達があの相手に怯えているのはわかります！　でも、恥を偲んでお願いがあります！　わたしの大切な人が！　友達が！　あの相手と戦っています！　多くの命を守ろうと！　わたしじゃ出来ない、力になれないことを成し遂げようと！」

アイリスが悔しげに手で拳を作り、目に涙を浮かべる。

「勇敢に戦い、悪意に抗う、どうか彼らの手助けをっ！」

言葉を紡ぎつつ、アイリスは何て自分はひどい人だと心を痛める。逃げてきたのに、手伝ってほしいと頼むのだ。それでも彼女は懇願することしか出来ない。

しぃんと、辺りが『花火師』達が花火を打ち込む轟音が鳴るにも拘わらず、ここだけ静寂にも感じられた。

やがて、ふわりと、アイリスの頭の花が揺れる。

傍目にはただ風でそよいだだけ。しかし、アイリスにはそれが精霊達の了承だとわかった。

「っ、ありがとう！」

アイリスは涙を拭い、お礼を言う。

「わたしが道標を作ります。みなさんは、気をつけてその通りにお願いいたします」

アイリスは真っ直ぐな瞳で告げる。精霊は、大精霊とならねば実体を持てない。故に、その存在を認知出来るのはエルフだけである。

彼らは、『魔法使い』が己の魔力を使いそれぞれの現象を起こすのに対して、空気中に散る魔素により現象を起こす。魔素は、人は吸うことで魔力として変換される力の素だ。

つまり精霊は人のように魔素を吸って変換する必要はない。だが、魔素無くして生きられず、にも拘わらず彼らは魔素の扱いが下手なのである。その為、魔素が豊富な所だとあるだけ使い、それぞれの大規模な現象を引き起こす。

精霊に悪意はない。彼らは無邪気なのだ。しかし無作為に使えば一瞬で周囲一帯の魔素は枯渇し、周囲が荒れてしまう。故に『自然の調停者』であるエルフの力が必要だ。

エルフが扱える、精霊の力を借りる【精霊魔法】。精霊がうまく己の力を制御して扱えるように、精霊へ意思を伝え、周囲の魔素を供給させる。

「【太古より生きとし生けるもの達よ、わたし達は深く結びつきて、共に星の生命を循環させし同胞なり。今、この場において災いを齎す、氷の息吹に対抗する為に、皆の力を合わせ、生命の奔流を引き起こしましょう】」

唄うように、奏でるように語り出すアイリス。周囲に精霊の存在を示す風や炎がポッポツと起こり、その最中にアイリスの被るピクチャーハットが外れ、長い耳が露わになるも彼女は気にしない。ダルティス達に自らの正体がバレることなど、スウェイと戦うアヤメ達やこれから手伝ってくれる精霊達の危険に比べればどうということはない。

アイリスは唄う。今尚戦うアヤメ達を心配しつつ、その手助けをすべく。

「【どうか脅威を打ち倒して、安らぎが在らんことを！　生命を紡ぐ精霊の唄】」

精霊の協力を得ることで出来る【精霊魔法】。アイリス以外、目に見えぬ精霊達はアヤメ達の助けとなるべく戦場へと向かっていった。

◇

次々と打ち込まれる花火。破裂する衝撃が【動く氷巨像】を操るスウェイにも伝わる。

『煩わしい、素直に逃げ出せば良いものを……！　くっ、コントロールが』

氷は融けてはいない。それでも完全に衝撃を殺しきれないのだろう。スウェイは苛立ちを隠さない声色で睨む。そのままズズと氷の巨人が動き出す。

どうやら直接その手で工房を潰すつもりらしい。だがそれはさせない。

「どうした⁉　お前の狙いは俺じゃなかったのか⁉」

『っ！　この偽物め！』

巨大な氷の腕が振るわれる。乱雑な動きの腕は、大きさこそデカイがそれだけだ。家の屋根を破壊する攻撃を、俺は難なく躱す。

「そんな雑な攻撃で俺を仕留める気か⁉　八戦将ともあろう奴が聞いて呆れるね！」

『うっとうしいうるさいうざいわ！　抵抗ばかり！　大人しく捕まりなさい！』

スウェイは俺を仕留めようと躍起になっていた。だが、お陰でターゲットが工房からこちらに移った。

これでいい。スウェイを誘導出来ている。

ならば懸念することは一つ。タイミングだけだ。それを成し遂げるには――

（頼んだよ、バディッシュ、ミリュスさん、ランカくん……！）

花火が止み、再び対峙する両者。

そんな中、スウェイも気付かずにいつのまにか三人は姿を消していた。

ダルティス工房の花火を使ってスウェイを砲撃する作戦。それには続きがあった。

それは花火を撃ち込んでも尚(なお)、スウェイが健在である場合だ。

【動く氷巨像(ヨトゥム)】は巨大だ。花火を当てて、多少損害を与(あた)えようとも短期で破壊しなければ即座(そくざ)に再生してしまう。いや、そもそも通用しない可能性すらあった。更(さら)には【凍結する空間(フロスト・エスパース)】を使われると花火が炸裂(さくれつ)する前に全て無効化される危険性があった。

だからこそ、【凍結する空間(フロスト・エスパース)】を使わせずに速攻(そっこう)で沈(しず)める必要があった。

スウェイがアヤメに目標を定めたその隙に、バディッシュは物陰(ものかげ)に潜みながらも対峙する両者を眺(なが)めていた。

「あの攻撃の中でまだ生きてるとか、どんな身体能力してんだよアイツ……」

アヤメは建物を盾(たて)に、時には足場に、ロープを使って飛び移ったり、露店(ろてん)の天井(てんじょう)を利用して大ジャンプしたりと縦横無尽(じゅうおうむじん)に駆け回っている。

しかも自身に向かってくるスウェイの攻撃を迎撃もしている。左腕(ひだりうで)の火傷(やけど)に加え全身負傷しているのに信じられない。

少なくともバディッシュにはあそこまでの動きは出来ない。

「まぁ良い。オレはオレの頼まれたことをするだけだ。だから、ランカ、ミリュス、お前達も気張れよ」

バディッシュは同じく、スウェイを倒すために頑張っている仲間に激励の言葉を送った。

アヤメを追って氷の巨人が動く。その動きは苛烈で、氷による攻撃が常に放たれ、時には家ごと粉砕されている。

瓦礫と粉塵が周囲を覆う中、ヒュンッと【動く氷巨像】の背に矢が刺さる。

「次は肩……！」

ランカは移動するスウェイを追いかけながらも、確実に狙った所に矢を放ち続けていた。貫くには至らない。本当に浅く刺さるだけ。繰り返し放たれるその矢には、何かの実が括り付けられていた。

『ランカくんにはこれを矢につけて撃ってほしい』

『これは？』

『炸裂の実だ。煙玉と一緒にアイリスちゃんに貰った実の一種だけど……一つだとそんなに威力はないけど纏めると岩に罅を入れるくらいの威力にはなる。これをともかく至る所に撃ってほしいんだ。花火の衝撃で誘発して奴の氷に罅を入れる為にも』

元々スウェイに対して矢は効果が薄かった。精々が気をそらす程度でしかない。

その度にランカは歯を食いしばった。自らの弓の腕も何の意味もなかった。

そこでされたアヤメからの頼みごと。

死の危険があるにも拘わらず、少しでも勝率を上げるため、アヤメの策に乗った。

つまり、命をかけたのだ。

「どの道僕の弓では先ほどのバリスタにも及びません。なら貴方の策にかけますよ！」

ヒュンヒュンと風切り音が鳴る。浅く、それでも確実に突き刺さる矢。

矢に気付いたスウェイも、兵士の槍と違い、氷に刺さりはするも全く己に効いていないこと、今やアヤメに注意を取られていることからその攻撃を放置した。

そう、彼女は何れ発動する罠に、気付いていなかった。その隙に、水の精霊は刺さった矢の部分を、水を付着させることで凍らせ、外れないように補強する。

アヤメはスウェイからの猛攻を避け続けながらある場所を目指していた。

目指した場所は市場。商業都市リッコ最大のバザールが開かれる場所であった。様々な物が売られていた市場は、魔王軍襲来による人々の混乱のせいか誰一人としておらず、周囲には物が散乱していた。

「はっ、はっ、ふぅぅ……」

走り続けたアヤメはある露店の柱に背を預け、息を整える。

吐き出す息は白い。これはスウェイが魔法を使うことで街全体の温度が低下しているせいである。アヤメはもはや満身創痍であった。

『あはぁ、追い詰めたわ。此処ならもう隠れる場所なんてないわね！』

ある家に【動く氷巨像】を置きながら、スウェイは勝ち誇る。

『さぁ、凍りつきなさい！　【瞬間……なっ⁉』

アヤメに対して凍らせようと腕を構えたところ、途轍もない風が起こった。

そして風によって巻き上げられた大量の塵、粉、物によってスウェイはアヤメを見失う。

それらを巻き上げる不自然な風、それを行使しているのはミリュスであった。

「もぉぉ‼　後であたしに請求とか来ないよね⁉」

此処では食料として沢山の小麦粉が並べられていた。

側には鍛冶屋が依頼を受けた際に研磨し、発生した大量の金属粉も此処にはあった。

　小麦粉と金属粉どちらも大量にあると、火種によって大爆発を起こす。

　小麦粉は粉塵爆発を。金属粉は金属爆発を。

　密閉空間でないと難しいが、だからこそ【塵旋風】というあらゆるものを巻き上げる旋風を引き起こす技能で、二つの粉を風で巻き上げ、視界を封じると同時に、凡ゆる市場の小麦粉と金属粉をスウェイへと巻き上げる。

『ミリュスさんには風を使って奴の視界を塞いでほしい。損傷は与えられないけど、妨害はすることが出来るから』

ミリュスは、わかっていた。自分の攻撃じゃ何一つ相手に通用しないって。

でも、だからといってこんな風に使われるなんて思ってもいなかった。

「もし請求されたら絶対にアヤメくんにも引き受けてもらうんだから！」

ミリュスは持てる魔力の限りを尽くして、風を巻き上げる。

「今に見てなさい！　すぐにあんたの度肝を抜いてやるんだし！　ってか、なんかいつもより魔法がすごい大きい気がする!?　あたし何かに目覚めた!?」

ミリュスにはわからないが、風の精霊達が手伝ってくれた旋風は【動く氷巨像】すら覆い尽くす巨大な風となっていた。

『くっ、此方の氷すら砕けないただのそよ風の分際で……！』

スウェイは唸り声を上げる。先ほどと比べ物にならない強風ではあるが、損傷はない。

だが、舞い上がる粉で視界を封じられたスウェイは苛立ちを隠せない。

『この風の力、明らかにただの一人の『魔法使い』にしてはッ、はっ!?』

スウェイは遂に捉えた。ミリュスに協力する精霊達を。

『――ふざけるなぁ!?　何故そいつらに協力するの!?　此方から逃げたくせに！　怖がったくせに!!　なんで人には協力する!?　当てつけのつもりなの!?　馬鹿にするのもいい加減にしなさいよぉ！』

これまでで一番の怒号であった。それはどこか泣き声のような悲壮感を漂わせていた。

【動く氷巨像】の腕を構えるも、何故か魔法を唱えることもしない。まるで人を殺してしまうことを、躊躇しているように。

そんなスウェイが躊躇し、【動く氷巨像】が手を置く家の側にバディッシュが現れた。

「よぉ、お礼参りに来てやったぜ。八戦将さんよぉ」

バディッシュは不敵な笑みを浮かべる。両手には自身の持つ戦鎚が握られていた。

『奴は俺が誘導する。だからバディッシュさんには奴が何処かに手を掛けた瞬間、家を破壊してほしい』

ランカ、ミリュスと続き、それがアヤメから伝えられたバディッシュの役割であった。

バディッシュはそのことを思い出しながらも、ふっと笑う。

「たしかにオレじゃあ、テメェの氷を崩せねぇ。だがなぁ、氷は壊せなくとも……」

バディッシュの肩が大きく膨張する。いつもよりより大きく、より力を込める。

「建物なら壊せるんだよ!!　食らいやがれ！　【一撃粉砕】」

バディッシュの渾身の一撃。それは石で出来た家を簡単に崩落させた。

『あがぁっ！　今度は一体何よ!?』

家の屋根に自重をかけていた【動く氷巨像】はその体勢を崩す。それと同時に土の精霊が地面を陥没(かんぼつ)させ、スウェイの身動きを封じた。

バディッシュの想像以上に【動く氷巨像(ヨトゥム)】は体勢を崩した。無論、氷には傷一つない。

だが、すぐには体勢を整えられない。それはつまり避(さ)けられないということ。

スウェイの氷を崩す為の布石は全て打った。後は決定的な一撃を入れるだけ。

「アイリスちゃん今だッ！」

アヤメは通信機で合図を送った。

◇

「アヤメさんから連絡です！　下準備は出来たと！」

「そうか！　野郎(やろう)共！　例の奴の準備だ!!」

「「「おうさ!!」」」

アイリスの言葉にダルティスが花火師達に吼(ほ)え、一際(ひときわ)大きな筒が現れた。

【塵旋風(ダストデビル)】を使われた途中(とちゅう)から花火を打ち出すのを止めて、彼らは合図を待っていたのだ。

現れた大きな筒。

それは本来ならば《大輪祭》の締(し)めの一発に使われる花火を入れる為の筒で、中には既に花火玉が入っていた。その大きさは周囲の筒と比べても歴然とした差がある。

方向も、角度もあっている。奴自身体勢を崩し躱せるはずはない。

後は撃つだけ。それだけなのだが……。

「……？　何故筒から撃たれねぇ？」

しかし着火役であるはずのシンティラがしゃがんだまま動かない。ダルティスは吼えるように声を荒らげる。

「何をしているシンティラ！　奴らが命張って作った隙を台無しにする気か‼」

「ひっ！　だ、だってこれだけ工房の皆が撃ってるのに、あの氷の巨人全く崩れる気配がなくてっ。あれを見てたら本当に通用するのかって……」

シンティラは萎縮していた。

無理もなかった。元々飛竜討伐に付いてくるくらいには無謀というか蛮勇のシンティラも、街で暴れまわる氷の巨人を見て、次第に悪い方向に思考がそれていった。

恐怖。人間が持つ強者に対しての根源的な感情であった。

ダルティスはシンティラのその感情が手に取るように分かった。

そう分かった上で笑い飛ばした。

「フハハハッ！　お前の悩みなど杞憂だ！　馬鹿なお前が馬鹿なことをして、そしてそれを馬鹿なお人好し達が手を貸してくれて得たもので出来た、馬鹿な職人どもが丹精込めて出来た花火だ！　胸を張れ!!　間違いなく最高の逸品だとな！」

「親方……」

「さぁ、分かったら火をつけろ！　奴にあれを食らわせてやれ！」

「はい！」

ダルティスの言葉で立ち直り、シンティラが筒の導火線に火を点ける。

「ふん、随分と余裕じゃねぇか、魔王軍さんよ。だがな、今から撃つこれは飛竜の〝爆裂炎袋〟としこたま爆裂の種を調合し、更にはかの地下迷宮から取り寄せた〝不純なき魔石〟を詰め込んだ、その名は、〝大冠万華鏡〟!!　祭りを締めくくるこの花火！　その威力、大きさ、轟く轟音もこれまでの比じゃないわい！」

導火線に火が付く。ジリジリと導火線に火が伝わる。筒が唸りをあげた。

「放てェッ！！！」

途轍もない爆音が鳴った。

花火師達の渾身の出来の、最大の大きさである〝大冠万華鏡〟が今、放たれた。

劈くような発射音の後、〝大冠万華鏡〟が遂に撃ち出された。

その大きさはこれまでの花火の玉が小さく思えるほどに巨大であった。

普通の花火ですら、【動く氷巨像】を崩壊まではいかずとも衝撃を与えていたのだ。

更にはミリュスによって小麦粉や金属粉がスウェイの周りを覆っているのだ。ランカによる〝炸裂の実〟も至る所にある。

そこに先ほどよりも強力で、火種となる花火が炸裂する。

どうなるか？　答えは火を見るよりも明らかだった。

周囲が見えないスウェイに対し、〝大冠万華鏡〟がぶつかり、爆音が響き渡った。

【動く氷巨像】すら上回る巨大な炎の華。

更には迸る火花が小麦粉と金属粉に着火し、猛烈な焔と爆炎をあげる。

飛竜の火炎ブレスを生成する特殊な粘液がある〝爆裂炎袋〟によって従来の〝大冠万華鏡〟よりも強化された花火。そこにミリュスが視界封じの為に巻き上げた粉も加わり、炎の温度を上げた。更にはアイリスの頼みを聞いた火の精霊がその威力を格段に上げる。

今までの比ではない大爆発であった。

瞬間襲いかかる熱風、烈風、爆風、衝撃。

『く、あぁぁぁぁぁっ！！！』

これまでとは比べ物にならない熱と衝撃の嵐。

初めてスウェイは悲鳴をあげた。ジュゥ～と初めて氷が氷らしく融け始める。

更にはランカが埋め込んだ〝爆裂の実〟。強い衝撃により、これらが連鎖的に破裂した。

至る所から亀裂が入り始めるのにスウェイは気付くも、余りの威力にどうしようもない。

ついに全身が融解し、罅が入り始める。余りの熱に再生も間に合わない。

炸裂の実による破裂が、深い亀裂をあらゆる所に生じさせる。

『まだよぉっ！　舐めるんじゃないわ！！！』

だがそれでも。

まだ【動く氷巨像】は倒れない。確かに先程の花火は強力だった。

粉塵爆発と金属爆発も、身体中至る所から亀裂を入れる炸裂の実だってそうだ。

罅は入った。氷も融けた。だけど、それだけ。融解しかけながらも【動く氷巨像】は健在。これに耐えれば、後はすぐさま再生すればいい。一分もかからない。

たかだか焔と衝撃、それで倒れる程魔王軍八戦将は弱くない。

『この、程度でぇっ、此方はっ』

「悪いけど、君に次はない」

だからこそ、トドメの一撃をするべく『救世主』は現れた。

◇◇◇

屋根から飛び上がった俺がスウェイのいる氷の薔薇の目前の空中で、剣を構える。

氷の薔薇の中にいたスウェイが、爆炎の中現れた俺にフード越しに初めて驚いたような気配を見せた。

「これで終わりだよ！　〝落花狼藉〟」

両の手で柄を握り締め剣を突き刺し、重い一撃が氷の薔薇に入った。

『兵士』の上位技能、【城破刺突】を模倣し、落下する威力と一点にのみ力を集中させた。

〝緋華〟以上に、錐揉み回転させながら突くことにより、刺すのでなく相手を穿つ。

そんな俺なりに改良を加えた絶技――〝落花狼藉〟。

左腕が痛む。焼けた皮膚が裂けた。

右腕が軋む。凍った皮膚が砕けた。

更には全身の骨と傷口の至る所が悲鳴をあげる。

でも、だからどうした？

より深く、より強く、より重い一撃を！

ここまで来るのに色んな人の助けを借りた。

バディッシュ、ランカくん、ミリュスさん、ダルティス達工房のみんな。

今此処で奴を倒さないと被害が出る。みんなが死ぬ。

だからこれで決める。終わらせる！

「ウオォォオォッ！！！」

届け。届け――――！

ピシリ。

パッキャン。

今度こそ【動く氷巨像】は頭部の華が割れたことで、伝染するように全身へより大きな罅が入り、割れた。俺はそれを確認してすぐさまそこを離れる。

そこに再度、多数の花火が撃ち込まれた。

花火の爆音。この熱と衝撃に、もう【動く氷巨像】は耐えられない。

終結はあっという間。

轟音と砂埃をあげて今度こそ【動く氷巨像】は崩壊した。

花火の煌めきと壊れた氷が空にキラキラ光り、幻想的な光景が広がる。

俺はそれを見ながら息を整えつつ、油断せず【動く氷巨像】の崩壊跡を眺める。

「はぁ……はぁ……倒したか……？」

俺はまだ警戒していた。確かに【動く氷巨像】は倒れた。

だが剣の感覚からしてスウェイ自身を斬ったと思えない。氷は倒壊したが、本体が無事であるならば本当の意味で倒したことにはならないだろう。

だからこそ俺はまだ剣を構える。

動く姿があればすぐさま、トドメを刺す為に。だけど氷が再生する様子もない。

「本当に倒したのか……？」

やはり実感がない。と、そこへ、

「やったな！　ついにあの野郎くたばりやがったぜ！」

「まさか本当に倒せるだなんて……」

「は、ははは、震えが止まりません。僕達でやっといて何ですが信じられませんね」

俺に近寄って来るバディッシュ達。

だが、俺は未だに、喜ぶ彼らとは対照的にスウェイが倒れた方向を睨んでいた。

「ん？　どうしたんだ？　険しい顔しやがって、傷が痛むのか？」

「いや、奴がもしかしたらまだ生きているんじゃないかと思って」

「おいおい、あの砲撃……じゃねぇや、花火を見ただろ？　でっけぇ花火も炎も上がった。生きてるはずがねぇよ。仮に生きていても倒壊した氷に潰されて、ぺちゃんこだ」

バディッシュはそう言うが、どうしても俺は疑惑が晴れなかった。確かに【動く氷巨像】は倒したがそれがスウェイを倒したことに繋がるとは思えなかった。

しかしいつまで経っても、再生する気配も何か動く気配もない。

……本当に杞憂だったのか？

「はぁ～、それにしても働いた働いた。最近じゃ一番働いたぞ」

「本当ですよ……飛竜といいここ最近死ぬような目にあってばかりです」

「あたしも、あの手に掴まれそうになった時ダメかと思った……」

「だがオレ達は生きている。それだけじゃねぇ！　あの魔王軍の八戦将も倒した！　ならギルドで昇進は間違いないぞ！　《四星》……いや《光星》も夢じゃねぇ！　そうなれば俺達はこの街初めての《光星》級の冒険者だ！」

「待ってくださいよ。魔王軍を倒せたのはアヤメさんと、あとダルティス工房の皆様が居たからですよ」

「おぉ、そうだったな。おいアヤメェッ！　お前も喜べよ！　あの勇者様以外で初めて、別の奴が魔王軍幹部を討ち取ったんだぜ！」

「え？　あぁ、うん。そうだね」

ふと、周りを見る。周囲の建物は倒壊している。街としての傷は浅くはないだろう。

だけどそれ以上に救われた命があった。俺が救いたかった命が。

「俺は……『救世主』になれたのかな？」

「あ？　当たり前だろ。お前はこの街を救ったんだからよ」

バディッシュはそんな俺の疑問に笑顔をもって応えてくれた。

「……そうか。なら、よかった。本当に」

俺はかじかんだ右手を見ながら、グッと握り締める。

今度こそ俺は、この手で守りたい人達を守れたんだ。

「……？　何やら騒がしくなってきましたね」

「どうやらあれを見ていた兵士達が今になってやってきたらしいな」

「へへーん、今更来てももうあたし達が倒したのにね」

「そうか。……あ、やばい」

会話を聞きながら重大なことに気付く。今の俺は仮面がない。

一応アイリスちゃんお手製の外套があるが、そのフードだけじゃ限界がある。

どちらにせよ不特定多数の人に素顔を見られるのは不味すぎる。俺が俺だと、気付く人がいないとは限らない。

「それじゃ、あとはよろしく！」

「はっ!?」

「えっ、ちょ、アヤメくん!?」

「ここで逃げるとか嘘でしょう!?」

判断は直ぐだった。俺はその場から逃げるように立ち去った。

後ろから三人の声が聞こえるけど俺はそれを振り払って直ぐにその場から逃げ出した。

ごめん、だけどもしも俺の正体がバレたら君達にも迷惑がかかってしまう。

だから俺は振り返ることなく、途中で落とした仮面を回収して、その場を去っていった。

裏路地を走り、フードを被りながら俺は腕輪にある魔法具でアイリスちゃんに告げる。

「アイリスちゃん、終わったよ。今からそっちに行くから合流しよう。あと、ダルティス工房の皆にはお礼を言っといてくれ。俺も後で直接お礼を言いに行く」

『はい、わかりました。あとアヤメさん』

「ん？」

『かっこよかったですよ』

「……はは、ありがとう」

戦いで冷えた身体だったけどその言葉だけで胸の辺りが温かくなるのだから、俺は案外単純なのかもしれない。

《『救世主』として》

復興の声が聞こえる人気のない所で、俺はアイリスちゃんに傷を癒してもらった後、安静にしていた。

癒す際にアイリスちゃんにはこっぴどく怒られた。スウェイの魔法により腕が凍傷した所に、加熱石で無理やり解凍した上に火傷まで負ったことに怒り心頭であった。実際、戦いが終わった後、手は紫に変色して指が満足に動かせていなかった。

そんな訳でアイリスちゃんに癒してもらった後、「安静ですよ！」と念押しされたのでこうして安静に努めている訳だ。

「アヤメさん、ただいま戻りました」

〈カウッ〉

「あぁ、アイリスちゃん、ジャママ、おかえり」

そこにジャママを連れたアイリスちゃんが戻ってきた。

「随分と早かったね。もう散策はよかったのかい？」

アイリスちゃんは俺を癒した後、人に紛れて重傷者が居ないか探しに行っていた。『聖女』の力で癒すために。

「はい。この辺りだけですけど命に関わる程の重傷者は見つかりませんでした。それに、倒壊した建物こそありますが、死傷者も出なかったそうなんです」

「死傷者が出なかった？」

アイリスちゃんの言葉に俺は信じがたい気持ちになる。勿論、死傷者がでなかったのは喜ばしい。が、それを単なる僥倖と考えるには少し楽観的ではないか？

（『氷霧』が、意図的に手を抜いた？　いや、まさか……だが）

魔王軍は人類の根絶を主眼としている天敵。

態々、こちらに配慮する理由など一つもない。ないはずなのに、俺はスウェイの言動に引っ掛かりを覚えた。

スウェイは周囲の人々を襲う時、「逃げなさい」と言っていた。

街を襲った時も、あれ程の巨大な氷の巨人を作れるのなら、何故、前もって街の出入り口を塞いでいなかった？

奴の射程が城壁に届くのは俺も見ていた。なら、封鎖することが出来たはずなのに。

「アヤメさん？　どうかいたしましたか？」

「あ、いやなんでもないよ」

考えが顔に出ていたのだろうか。険しい表情を浮かべていた俺を心配そうに見つめるアイリスちゃん。大丈夫だよと笑みを浮かべる。

「アヤメさん、聞きましたか？　花火なんですが、予定通り打ち上げるそうなんですよ」

「何？　それは本当かい？」

先の『氷霧』スウェイ・カ・センコとの戦いで数多くの花火を消費してしまった。

「はい！　先の戦いで『氷霧』が倒されたのは確実。更に死傷者も出ていない。なら、戦勝祝いも兼ねて打ち上げる方が良いって判断だそうです」

「それはまた、気が早いね」

スウェイの死体は確認出来ていないのだから、既に勝ったと思うのは早計だと思うけど、常識的に考えてあれだけの氷が今は見る影もないのだから、死んだと思うのも無理はない。

「えっとですね、ですので、あの、お昼はあんなことがあって見て回れなかったじゃないですか？　なので、えーと、あの」

「そうだね。夜になったら一緒に観ようか」

「！　はい！」

何を言いたいのか、言葉回しから悟った俺は笑みを浮かべて頷いた。花が咲くように喜色の笑みを浮かべるアイリスちゃん。観光するにも正体がバレないように注意しないとね。

「わたしも、もう一度今度は反対側の街の様子を見てきます。大きな怪我人は軽く確認したのでいなかったのですが、もしかしたら重傷の人は見つかっていないだけでいるかもしれませんから」

「そうかい。わかったよ。居ないとは思うが、魔王軍の残党が潜んでいるかもしれない。気をつけて」

「大丈夫です！　隠れるような魔物ならわたしがやっつけちゃいます！」

〈ガウッ！〉

しゅっしゅっと、拳を軽く突き、態とらしくファイティングポーズを取り、自信満々に返事をする。ジャママも呼応するように地面に爪をたてる。

そのことを微笑ましく思いながらも、俺も用事を終わらせる為に安静にしていた身体を起こし、一旦彼女と別れたのだった。

◇

「ふふっ、アヤメさんと花火見るの、楽しみだなぁ」

ご機嫌に歩くアイリス。誰も犠牲が出ていないことも足取りの軽さに拍車をかけていた。

「へくちっ、ウゥ、それにしても急に寒く……寒い？」

思わずくしゃみをし、違和感に気付く。

寒い？　今は、時期的に寒いはずはない。それに、ザワザワと周囲の精霊が騒がしい。

はっと、気づく。

〈カウッ！　カウカウッ!!〉

ジャママが吠えていた。騒がしかった音が聞こえない。白い霧がアイリス達を包み込む。

忘れるはずのない、この街を覆った白い霧。

「そんなっ、まさかっ！」

「ねえ、あなた。あの偽物さんと親しいのね」

爛々と、白い霧の奥から赤い瞳がアイリスを見ていた。

◇

バァンと花火が夜空に上がる。

キラキラと人工の華が空を鮮やかに彩る。商業都市リッコは魔王軍の侵攻にあった。

街の被害は確かに出た。その被害は決して小さくはない。

だが奇跡的に死傷者はいなかった。

人々はこれを女神のご加護と考え、行われるはずだった《大輪祭》、その名物の花火を予定通り打ち上げることにしたのだ。延期しようとする行政を押しのけて。

ダルティス工房には幾ら【動く氷巨像】を倒すのに使ったとは言えまだまだ花火はある。玉には困らなかった。

夜空に輝く、大小様々で赤から黄、緑、オレンジ、青、紫と色とりどりの人工の華。

人々はそれを見て、生きていることに感謝し、助かったことに涙を流した。

勿論街に被害はある。でもそれは明日から復興すれば良い。生きているのだから、そうすることだって出来る。

商業都市リッコでは何時迄も音が鳴り、花火は上がり続けた。


「やぁ」

「……お前か」

ダルティスは花火のよく見える工房より少し離れた位置で花火を眺めていた。

俺はその姿を見てやっと見つけたと安堵する。

「てっきりダルティスもあの花火の下で打ち上げていると思ったんだけど」

「ふん、ワシは確かにあそこの工房長だが、教えるべきことは大体教えていたんだ。ならば口を挟まずにどかっと構えて後は奴らの仕事ぶりを見ておくのがワシの役目ってもんよ」

「そうなんですか」

俺にはわからないが彼にとってはそうらしい。

改めて礼を申し上げようとして、ダルティスの次の言葉に固まった。

「ワシはもう花火を作るのをやめることにした」

「え、それは一体」

「花火師の花火ってのはな、人を楽しませるためのものだ。間違っても人に向かって撃つものじゃない。それがたとえ、魔族であろうともな。あれを指示した時点でワシは既に花火師としての手を汚しちまったんだよ」

「それは……」

俺のせいじゃないか。

確かにスウェイを倒すのに彼らの力は必要不可欠だった。もし彼らがいなかったら氷を突破することは出来なかっただろう。

だがその代わり俺はダルティスの花火師としての道を閉ざしてしまった。後悔が湧き起こる。顔が苦痛で歪む。俺はとんでもないことをしてしまった。

「おい」

「なに……痛ぁっ!!」

ガンッと助走も含めてジャンプしたダルティスのゲンコツが俺の頭に落とされる。

痛い、本当にめっちゃ痛い!!　シンティラさんは毎回これを受けていたのか!?

「言っとくがアンタのせいではないからな。ワシはアンタのことを恨んでおらん」

「痛っっ……えっ、なんで?」

「アンタのおかげでワシは街を守れたんだ。感謝こそすれども恨みはねぇよ」

「だがその代わり俺はダルティスの花火師の道を」

「どの道ワシはもう歳だったんだ。誤魔化してはいたが、最近花火を作る時に手が震えてな。いつ事故を起こすのか、正直気が気でなかった。だからこれは良い機会だったんだ」

ダルティスは自らの両手を見つめる。

老い。人が逃れることの出来ない宿命。

いつまでも現役ではいられないことを、俺も理解している。そしてそれはダルティスも同じだった。彼は自らの老いと戦いながらも花火師を続けてきたのだ。

「もう、ワシは花火を作らない。だから、これからは後進の育成に力を入れる。シンティラも一皮剥けたとは言えまだまだだからな！　わははははっ！　さぁて、まだまだやることはあるぞ！　わははははっ、楽しみだ！」

ダルティスは豪快に笑う。

その笑顔には新しい夢を見つけたことへの輝きがあった。

俺はそれを見て、彼の人生の目標が新たに見つかってよかったと安堵していた。

「ダルティス」

「あん？　なんだ」

「ありがとうございました。貴方のおかげでスウェイを倒すことが出来ました。ダルティス工房の皆にも感謝を申し上げます」

「こっちこそ、街を守ってくれてありがとよ」

俺達はお互いに笑い合い、グッと握手した。

やがて俺がダルティス工房を後にすると、

〈ガゥ……〉

「あれジャママ。どうしたんだ？　君はアイリスちゃんと……まさかッ」

そこへジャママが現れた。彼は工房近くの臭いが嫌だから、アイリスちゃんと一緒にいたはずだ。

悔しげに唸るジャママ。そしていないアイリスちゃん。

嫌な予感がした。ドクドクと心臓が鳴り、身体が冷えてくる。

ドタッと倒れるジャママ。

慌てて駆け寄り、抱き上げるとその首輪に付いていた氷で固定されたメモには――

『貴方の大切な彼女、攫わせてもらったわよ？　ねえ、偽物さん？』

そう記されていた。

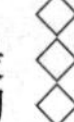

最初に感じたのは冷たい感触だった。

アイリスは手足に感じる冷たさで目が醒めた。

「う……ここは、そっか。わたし気絶して……」

「あら、目覚めたのね」

朧げに目を覚ますアイリスの目の前にいたのは漆黒の外套に身を包んだ女。

遠目からしか見なかったが、それでもその声の持ち主が誰だか分かる。

「『氷霧』のスウェイ・カ・センコ」

「えぇ、そうよ。くすくすくす、此方の名前は彼から聞いたのかしら」

「……あの時倒された風を装っていたのはワザとですか」

「あら、無視？　まぁ良いわ。そうよ、そう。でも、あそこまで追い詰められたのは初めてだったわ。それにしても、その後街に潜伏していて気付いたわ。彼にとって大切な人なんでしょう？　貴女。だからこうして攫わせてもらったわ。貴女のワンちゃんに偽物さんへの言伝を頼んで……ね」

何故スウェイがアイリスを確保したのか。その理由は簡単にわかる。

「人質のつもりですか？　魔王軍の名に恥じぬ卑怯振りですね」

「あら人質なら貴女達も取るじゃない？　別に此方が初めてという訳ではないわ」

「けれども卑怯なのには変わりないのです。それに人質を取るということは貴女が勝てないと認めているようなものじゃないですか」

「……言ってくれるわね」

　アイリスの表情に怯えはなかった。ここで怯えをみせたら向こうは必ずその隙をついてこようとする。だからそうさせない為にもアイリスは努めて恐怖の心を押し殺していた。

　ちらりと、話しながら周囲を確認する。

　アイリスの側にいる木霊と精霊も、相手の距離が近すぎて萎縮している。そして何より目の前の相手がそんな隙を作るとは思えなかった。きゅっ、とアイリスは唇を結ぶ。

　大丈夫、怖くない。

　人質というならすぐに殺される可能性は低い。今の自分に必要なのは時間稼ぎと情報を得ること。そう思い顔を上げるとすぐ近くにスウェイがいた。

「精霊がいたわ。そいつらが邪魔をした。そうでなければ、此方の【動く氷巨像】があそこまで追い詰められるはずがなかった。それは、あんたのせいね」

　その時、フードの奥から瞳が見えた。赤く、忌々しげに此方を見る瞳。

思わず息を呑む。スウェイはスッとアイリスの髪に添えられた花に手を触れる。

「エルフの身につける花は親から与えられる自らの名の象徴。そして咲き誇る花の美しさは、愛に比例する。これだけ綺麗に咲いているということはよっぽど愛されたのね……ああ、妬ましい」

パキィッと頭の花が凍り、パラパラと砕け散る。

親から貰った花をそのようにさせられ、アイリスはついカッとなった。

「何をするんですか!!」

「キャンキャン騒ぐんじゃないわ。次はその生意気な喉でも凍らせてあげようかしら？」

「それはっ、お断りですね。それにしても、何故貴女は魔王軍にいるのですか？」

「あら、此方が魔王軍にいることに何か、問題でも？」

鼻で笑うスウェイに対し、アイリスはかねてから気づいていたことを告げる。

「貴女の周りで、精霊達が怯えています」

瞬間、余裕な態度であったスウェイが揺らいだ。

「貴女がここにきた時からそうでした。氷を操りし者、わたしは直接見たことはないのですが、もしわたしの予想が正しければ貴女は魔王軍の魔族ではないはず。貴女は」

「それ以上、口にするんじゃないっ！」

「あぐっ」

細いアイリスの首が掴(つか)まれる。

ひんやりと冷たい手が僅(わず)かに力を込めて絞められる。息がし辛(づら)い。しかし、アイリスはとあることに気づいた。

(震えている？)

スウェイの手が震えていた。だが、それ以上に首を締め上げる力に呼吸が出来ない。

流石(さすが)のスウェイもそのことに気づいたのか、手を離した。

「うっ、けほっ。けほっ」

「……。……冗談(じょうだん)よ。喉を凍らせたら死んでしまうもの」

アイリスは必死に息を吸い、そしてスウェイを睨みつけた。

「こほっこほっ。……本当の目的は何ですか？」

「……ねぇ、貴女はどうして彼と一緒にいるのかしら？」

質問を質問で返されるも意図が分からずアイリスは首を傾(かし)げる。

「どういうことですか？」

「何？　もしかして知らないの？　あはは、憐(あわ)れね。いいこと？　彼はかつて『勇者』と呼ばれ、そしてその名さえ嘘であり世界中の人を騙(だま)した言わば大罪人なのよ！」

スウェイは嬉々として語る。

スウェイはアイリスがフォイルの正体を知らないと思っているのだ。

「貴女は彼に随分と入れ込んでるようだけど、きっと彼は貴女を見捨てる。なぜならあれは偽物だもの。そうよ、そう。そんな奴が助けに来るはずなんてない。そうじゃなきゃいけないわ。そして貴女もそんな彼を許すはずがない。世界が彼の敵になったように！　さぁ、さぁ、怯えなさい。泣きなさい。誰も助けてくれない中一人で——」

「偽物じゃないです」

「何？」

「偽物じゃないと言ったのです。だってアヤメさん、いえ、フォイルさんは」

アイリスの目を見るスウェイ。

そこに怯えはなく、そして途轍もない信頼の色が見えた。

「なぜ、なぜそんな目で彼を信じられるの……っ!?」

次の瞬間スウェイはバッと森の方を向いた。

数少ない街の外に待機させておいた魔物が倒された音が聞こえたのだ。

そのことに驚くスウェイに対し、アイリスは動じずに言った。

「正真正銘の『救世主』ですから」

アイリスの言葉と共にアヤメが二人の前に着地した。

◇

魔物を薙ぎ倒し、着地した俺はすぐさまアイリスちゃんとスウェイを視界に捉えた。

スウェイはやっぱり生きていた。少しばかり服装が乱れているくらいで、生きているのではないかという俺の予感は間違いではなかった。

ぎりっと歯を食い縛る。もっとあそこで生死を確認しておくべきだった。

そうなるとアイリスちゃんから離れたのは、俺の落ち度だ。

俺は剣を構える。

アイリスちゃんを救う。スウェイは倒す。もう油断はしない。

ジャママは危ないからと一度置いてきた。付いてきたそうだったけど、説得した。

魔物も、周囲にはもういない。後はスウェイを倒すだけだ。

「やぁ、また会ったね。悪いけどアイリスちゃんを返してもらうよ」

「くっ。本当に来るだなんて、愚か、馬鹿ね」

「おや、誘いがあったから来たのに何故苦虫を噛み潰したような顔をしているんだい？」

「減らず口をっ……！　……傷が治ってる？」

何故か来たことに憤るスウェイは、俺の傷が癒えていることに訝しげにする。落ち着くように息を吐くと、いつもの人を小馬鹿にするような笑い方をした。

「ふふっ、まぁいいわ。でもそうね。確かにあのお手紙を送ったのは、此方なんだから来るのは当たり前だったわね」

「君が生きていたことに驚きはしないよ。あの時斬った感触がなかったからね」

「嘘つきね、さっき顔が悔しげに歪んでいたもの。それに生憎と此方はそう簡単には死なないわ。貴方こそ馬鹿なの？　貴方の周りにもう仲間はいない、あの時の勝利も他者からの協力によるもの。貴方一人で此方に勝てるつもりなのかしら？」

「そうだね……正直言って、割と勝ち目が無いと思っている」

「あははっ！　わかっていたのに此処に来たの？　なんて愚か、馬鹿ね！」

「だとしてもね。それが諦める理由とはならないんだよ、『氷霧』のスウェイ・カ・センコ。俺を信じてくれる人がいるのなら俺は何度だって立ち向かうさ」

「アヤメさん……」

アイリスちゃんが泣きそうな目で俺を見る。

見れば、彼女の頭の花は無くなっていた。誰が何をしたか、一目でわかる。

俺は怒りが沸くのを抑え、冷静にスウェイと対峙する。

怒りは剣を鈍らせる。憤りは攻撃を雑にする。彼女を救う為に、冷静になれ。

「今度こそ決着をつけよう。『氷霧』のスウェイ・カ・センコ。俺は、俺の守りたい人の為にこの剣で君の氷を打ち砕く」

「っ！　いちいち癪に障る……！　ならばお望み通り全て氷漬けにしてあげるわ！　【幻夢氷霧波】」

スウェイが叫ぶとともに、猛烈な吹雪が俺を襲って来た。

「これはっ？」

目を開けるとそこは白銀の世界だった。

先も見えないほどの真っ白な空間。先ほどまでの景色は何処にもない。周囲を見渡しても途方も無い、白、白、白。

てっきり直接的な攻撃を使うと思っていただけに、このような視界を塞ぐ搦め手を使ってきたことに少なからず動揺する。

『ここに映るのは全ての過去。貴方はそれに抗えない』

スウェイの言葉が辺りに響く。俺はすぐさま剣を構え、周囲を警戒する。

しかしスウェイの姿はどこにも見えない。此処にはいないのか？　だが先程までそんなに距離は離れていなかったはず。

様々な思考を巡らせる俺だが、それよりも重大なことがあった。

「寒い……ッ！」

絶え間なく白い雪と冷気が俺の命を蝕んでいく。

身体の芯から冷える感覚。

まるで凍ったかのようだ。いや、これは事実凍っているのかもしれない。服は吹雪による雪が付着し、薄氷が出来始めている。かじかんだ身体は震え、うまく動かない。

このままでは不味い。すぐさまスウェイを見つけ、倒さないと。

だが周りは白い景色。方向も場所も当てはない。

それでも動かなければ凍死だ。俺は歩き出すことにした。

ヒユウゥウゥウゥと風の音が鳴り続ける。

俺はその下で、ザブザブと雪によって足場の悪い道を歩く。

しかし幾ら歩いても景色は変わらない。通ってきた足跡もすぐさま吹雪で掻き消える。

「……おかしい」

スウェイとの距離はそんなに離れていなかったはずだ。

なのに歩いても歩いても、辿り着かない。

いや、そもそも本当に俺は歩いているのか？　振り返ってみるも歩んだはずの足跡は吹雪によってすぐ辺り一面銀色に戻っていて確認出来ない。

ならば、やはり進むしかない。けどそれは一体いつまでだ……？

「やっぱりこれは幻術か？　くそっ、風景に変化がない。襲ってくる幻覚ならともかくこれじゃ脱出の手掛かりがない」

幻術系の魔法に関しては俺も多少知識がある。

そして、それに対処するのは難しい。幻術は予め防御の為に技能を発動させるか、幻術を構成している物或いは術者を倒さなければならない。

この場合、俺は抵抗出来る技能がないから前者は無理だ。

かといって後者もまた厳しい。相手は悪名高き魔王軍の八戦将。スウェイの姿が見えないので倒すことも出来ない。

視界は一面銀世界。

変わらない風景に精神的にも疲労が出てくる。

しかも俺は吹雪という冷気が常に身体を襲ってくるから、既に身体中の感覚が麻痺してきている。

「はぁ……はぁ……ぐっ」

やがて体温と体力が限界になった俺は膝をついた。ガチガチと歯が鳴る。

寒い。さむい。サムイ。
身体中から熱が無くなっていく。
「まだ……だ。……俺は……まだ、……アイリスちゃんを、たすける……」
限界の身体でそれでも歩こうとして、俺はうつ伏せに倒れた。
立ち上がろうとするも、出来ない。最早手足の感覚がなかった。
それでも身体を動かして足掻こうとする。しかし、次第にそれも出来なくなった。
ヒユウゥゥゥと風は鳴り続ける。
俺の上に雪が積もる。
もう、身体が動かない。頭がボーッとする。息も、しているのかわからない。
俺は、このまま死ぬのか……？　何一つとしてやり遂げることも出来ずに。
すると不意に頭に急に何かが流れてきた。
『へへ、ユウはよわっちぃな！』
『うぅ、また負けた……』
木の棒片手に競い合って、ユウ相手に勝ち誇る幼い頃の《俺》。
これは……俺の記憶か？
その後も俺の記憶は流れる。

ユウとメイちゃんと一緒に遊んでいた時のこと。

俺が逃げ出したあの夜のこと。

教会で称号を授かった時のこと。

勇者として鍛錬を積んできたこと。

その全てが俺の記憶だ。

こんな時なのに、俺はユウとメイちゃんが一緒にいる記憶に笑みを浮かべていた。

懐かしいな。あんな風にバカやったりもしたっけ。

不意にまた場面が変わる。

そこにいるのは、腰掛けた俺とグラディウスとメアリー。その対面に状況がわからないのか困惑しているユウ。

一気に肝が冷えた。

「やめ……ろ」

『ユウ、お前をこのパーティから追放する』

「やめてくれ……！」

『わかってくれ、ユウ。この世界では職業が……称号が全てなんだ』

「やめ――」

『お前のような『名無し』と付き合ってられないんだよ、ユウ・プロターゴニスト』

ユウの傷ついた表情が見えた。

俺は愕然とし、絶望が心を支配する。

違う、俺はお前のためを思って。俺は、お前を傷つけたいとは思っていなくて。

またも場面が変わった。

そこは橋の上。居るのは俺とメイちゃん。

メイちゃんは俺に向かって悲しげに涙を目に溜め、軽蔑を含んだ声で言った。

『――嘘つき』

その言葉と共に俺は心が砕けそうになった。

「はは、ははは……」

乾いた笑いと涙が流れていく。涙もまた、吹雪によって瞬時に凍り散っていく。

もはや立つ気力すらない。このまま雪に埋もれて消えてしまいたかった。

すると、またも別の景色が映る。

これ以上、まだあるのか……？

だがそれは、明らかに別の情景であり、舌足らずな幼い声と共に俺の目に映った。

『まって、がんばるから、どりょくするから、だから、だからぁ、おいてかないでぇ』

一人の幼子が誰かに向けて手を伸ばしていた。

酷く悲しい感情が俺の心に吹き込まれる。

……今のは……。

そんな俺の前に人影が現れる。俯せで、もはや朧気な視線を向ける。誰か見ないでも分かる。スウェイだ。

『彼、『真の勇者』なんだってね。彼のせいで、貴方は『偽物』なんてレッテルを貼られたのね』

「だから……なんだ……」

『別に？　ただ貴方が憐れで仕方ないわ。幾ら努力しようとも貴方は偽物でしかない。それが憐れで仕方ないの』

あぁ。そうだ。

『真の勇者』はユウで、それは変わることのない事実で。

俺はずっと見てきた。ユウとメイちゃんが一緒にいるのを遠くから。

俺はずっと見てきた。ユウが次第に成長するのを。二人が仲良さそうに一緒にいるのを。

俺はずっと……。

――俺の方が強い。なら俺の方が勇者に相応しい。

いや、待て。俺は何を考えている？　ユウは幼馴染で親友だ。

――けど奴がいるから俺は勇者になれなかった。

違う。そうじゃない。

――だが、それは事実だ。

違う！

思考がバラける。気持ちがぐちゃぐちゃだ。

何を考えて、いやそもそも俺は考えているのか？

スウェイに思考を誘導されているんじゃ。だが、この気持ちが嘘だとは。

いや。

だが。

それでも。

いつの日か、夢を語る俺がそこにいた。

『ふっ、それは勿論目指すは勇者だ！』

神託のあの日、そう胸を張る幼い俺。

勇者。あぁ、そう勇者だ。

俺が目指して、俺が努力していた、俺の夢。

だけども、俺は『偽り(いつわ)の勇者』、決して本物にはなれない紛い物(フォイル)。

俺は決して真(まこと)にはなれない。俺の全ては『真の勇者(ユウ)』を生み出すための物。

誰からも顧(かえり)みられず、誰からも望まれず、誰からも認められない。

それが俺の人生。

これが俺の役割。

何か、どろりとした感情が俺の心に湧き起こる。それは汚泥(おでい)のように俺に纏(まと)わりつき、蝕もうとする。

だめだ、だめだ。

この感情に呑まれたらもう這(は)い上がれなくなる。

大切な何かが、折れて無くなってしまう。

だけど、どうしてか惹(ひ)かれる。

心のどこかでそれを受け入れようとする俺がいる。

だめだ、ダメだ。

これを受け入れたら俺は——

『そう貴方は本物にはなれなかった。憐れで、悲しくて仕方ない人。だったら——殺せば良いのよ』

そんな俺の背を後押しするように。甘い毒が耳元で囁かれた。

『勇者の称号は一人だけ。ならば彼を殺せば貴方は唯一の勇者となれる。貴方こそが勇者になれる』

「そう……なのか？」

『ええ、そうよ』

「そうか……そうだね」

『くすくす、分かったのならば剣を持ちなさい。そしてその命を奪うの。貴方だって彼が憎いでしょう？』

「――憎い？」

その言葉にスウェイは頷く。

『ええ、そうよ。彼がいたから貴方は本物になれなかった。それを憎いという以外何があるのかしら？　だから剣を取りなさい。そしてその切っ先で勇者を殺すの。そうすれば本当の意味で貴方こそが勇者になれるのだから！』

何処か役者の如く語るスウェイ。

スラリと俺の剣を抜き、目の前に突き刺す。

『さぁ、その剣を持って成りかわるのよ。貴方が本物になるために！』

「……あぁ、そうだね」

剣を握る。立ち上がる。

それをみて嗤うスウェイ。その言葉に俺はきっぱりと告げた。

「断る」

簡潔に告げた、完全な拒絶。初めて囁く声が困惑に揺らぐのを感じた。

『何故？　何故？　貴方は彼が憎くないの？』

「悪いね、俺はユウを憎んだことは一度もない」

そうだ。俺はユウを憎んだことはない。

自らの職業を嘆いたことはあった。境遇を悲観したこともあった。

俺が救えない人々を救えるであろうユウを羨むこともあった。

だが、それだけだ。俺は一度たりともユウを憎んだことなんてない。

人を救う『勇者』になりたいと思っていた。

確かに俺は『勇者』にはなれなかった。それは事実だろう。

俺は周りが敵だらけで、信じてくれる人が居なくてもそれでもなお、戦い続けた。

何故なら夢だったんだ。『勇者』みたいになりたいって。その為に剣を取った。間違っても二人を傷つける為にじゃない。

そうだ、あの時から俺が戦い続けたのは決して自暴自棄からなんかじゃない。俺自身が、みっともなくとも、カッコ悪くても、誰からも求められていなくても、そうしたかったから戦い続けたんだ。

俺が戦ったのは誰かを救いたいという想いと勇者になりたいという憧憬。

そして何よりも二人が大切だという至極簡単な理由からだった。

そうだ。俺は二人が大切だ。

勇者を目指したのだって世界を救う前に二人を守りたかったからだ。

だからその想いは偽りなんかじゃない。

この想いは真だ。嘘なんかじゃない。

誰にも、この想いは否定させはしない！　これは俺自身が決めたことだ!!

「それにアイツは今も世界を救う為に戦っている。ならさ、親友の俺が折れる訳にはいかないだろ？」

軽くウィンクする。

胸を張って誇れる親友が今なお世界を救うために戦っているのだ。そんな中、勝手に折れて勝手に逆恨みするだなんて。かっこ悪いし、したくない。

『そんな……ありえないっ！　わからないっ！　理解出来ないわ！』

「別に理解してもらえなくても構わないさ。スウェイ、君の相手が俺で良かったよ。ユウが相手だとあの泣き虫、俺への後悔であんたの甘言に乗ってしまったかもしれない。ま、メイちゃんが側にいるなら大丈夫だとは思うけどな」

『くっ、このっ、分からず屋。偽物風情が』

「偽物？　いいや違うね」

いつのまにか吹雪は止んでいた。冷えたはずの身体が温かい。心もだ。

もう迷いはない。

こんな俺に、勇者ではなくなった俺に手を差し伸べてくれた女の子がいた。

その子の為にも俺は負けられない。

そう、道はすでに見えた。ならば、胸を張って言おう。

「俺は『救世主』だ」

澱みなく、清々しい気持ちで俺は剣を振るった。

◇

俺が斬ったのはどうやらスウェイ本人だったらしい。悲鳴をあげ、スウェイは地面へと倒れ込んだ。

スウェイが倒れたことで白一色だった視界も晴れる。再び元に戻る暗い夜の森。積もったはずの雪もどこにもない。どうやら俺はあの場から一歩も動いていなかったらしい。

そうなるとやはりあれは幻覚だったのだ。

視界が晴れると同時にアイリスちゃんを拘束していた氷も砕け、すぐさま俺の胸にアイリスちゃんが飛び込んでくる。

「アヤメさん！」

「ゴメンね。アイリスちゃん、心配をかけた」

「本当ですっ……！　途中で倒れて、スウェイが近づいて、あのまま、氷漬けになって死んじゃうかと……！　良かった、心臓が動いてる……。生きてる……！」

「……うん、俺は生きてるよ」

痛い程抱きしめ俺の心臓の音を聴くアイリスちゃんの頭を撫でる。彼女はより、背中に手を回し強く抱きついた。

アイリスちゃんには心配をかけちゃった。

でも、俺はもう大丈夫だ。

より抱きついてくるアイリスちゃんを俺もまたより強く抱きしめた。

「く……あ……」

うめき声。

アイリスちゃんを胸に抱きながら俺は剣を構える。スウェイは未だに生きていた。斬った時にフードが破け、スウェイの正体が露わになっている。

褐色の肌に、透き通るような銀髪。そして何よりも目立つのは長い耳。

するとアイリスちゃんは何やらスウェイの正体に驚いていた。

「あれは……やっぱりダークエルフなんですね」

「ダークエルフ？」

アイリスちゃんが驚いたように目を見開く。聞き慣れない言葉だった。

「アイリスちゃん、エルフってことは君と同じ種族なんだよね。何か知っているのかい？」

「それは……」

「頼む、俺は知らなくちゃいけないんだ」

アイリスちゃんは俺の言葉に、少し考え込むような動作をしつつも、言葉を紡ぎ始めた。

「アヤメさんは知っていますよね？　わたし達エルフは『自然の調停者』として精霊達の力を借りる【精霊魔法】と【木霊との語らい】を扱えることを。故に、エルフと精霊は切っても切れない関係なのです。それで、その……」

アイリスちゃんは言いづらそうに、憐憫と複雑な色を瞳に浮かべながら言った。

「ダークエルフとは、生まれながらに精霊に見捨てられた者で……そして彼女は、母様から聞いた精霊を殺せる氷を操りし者です」

寒い。冷たい。痛い。苦しい。

様々な苦痛が此方を襲ってくる。

斬られた所を凍らせるも痛みは消えない。いや、それ以上に心の方が混乱して、痛い。

何であの男は此方の技を打ち破れたの？

勇者が憎いんじゃなかったの？

なんで？　なんで？

どうして『真の勇者』について語る時あんなに嬉しそうに、誇らしげにしていたの？

わかんない。わからない。

あぁ、思考が定まらない。ぐちゃぐちゃ。めちゃくちゃ。なんでうまくいかないの。なんで？　此方と一緒じゃなかったの？　なんで？　いつもこんなんばっかり。わからない。

どうして？　わかんない。嫌だ。わかんない。

定まらない思考。錯乱する心。

そんな中、此方の前には二百年前のあの日のことが目の前に浮かんできた。

——貴様は出来損ないだ。まさか精霊を操ることが出来ぬとは。

蔑んだ目で父親が見る。

——穢らわしい。どうして、私の娘がこんな。

母は忌々しげに睨んだ。

——こわい。貴女がこわいよ。みんな気付かない、精霊を怯えさせる力を秘める貴女が。

姉が、恐怖に染まった顔で、此方を見ていた。

父が、母が、姉が、里の皆が皆口を揃えてこう言う。

——生まれるべきではなかった
じゃりっと、砂を引っ掻き、血を噛み締めながらも這いずる。

「まだ……よ」

『此方を認めて』

「まだ……此方は負けてない」

『もっと頑張るから、悪いところがあったら、ひっく、なおすから』

「失望されたら……すべてなくなる。いなくなる。努力する。頑張るから」

『だから……おねがい』

「だから……だからぁ」

『「……おいてかないでぇ」』

スウェイの声と■■・■の声が重なる。何かに縋るように手を伸ばす。だけど、その手を握り返してくれる存在なんていない。いるはずない。

やがて、ザッと近付く音がする。

此方はもはや諦めたような顔で見上げる。案の定、剣を片手に男は立っていた。

あぁ、本当に忌々しい。

目の前に立つのは燃えるような赤い髪に、強い意志を携えた瞳。こんな時なのに、諦めを知らないその瞳が、どうしてかとても羨ましくみえた。

「アイリスちゃんから聞いたよ、君はエルフの中でもダークエルフと呼ばれる者であると」

「だから何……笑いに来たの？」

「いいや。ダークエルフはエルフが使えるはずの精霊魔法も使えない存在と聞いた。それは事実だろうか？」

「そうよ……此方は【精霊魔法】は、使えなかった。だからこそ、此方は追い出された」

「だが君は氷を扱える。それは魔王に与えられた力か？」

「はっ、違うわよ。これは此方が、自らが編み出した力よ。魔王なんて関係ないわ」

捨てられたあの日。

血の滲むような努力の果てに此方は氷を生み出した。この世界では、魔法を人間は職業だなんてよく分からない力で、技能を得て初めて行使出来るようになるけどエルフならば関係ない。

エルフは先天的に【精霊魔法】を扱える。精霊さえ受け入れてくれたならば。

此方はそれを扱えなかった。精霊からは全く受け付けられなかった。あいつらは此方から怯え、逃げた。だけどエルフ特有の膨大な魔力ならある。

だからこそ、その魔力を鍛え、扱き、圧し、変質させた。血の滲むような努力と願い、想い。それらが此方の魔力を具現化させ、全てを凍らせる氷を発現させた。

元々氷を生み出そうと思っていたわけではない。だけど、氷であったということはあの日、此方の心が凍ってしまったからだというのはわかった。魔法は、その人の心象によって幾らでも変化するのだから。

こうして、此方は普通のエルフなら精霊の協力なくして扱えるはずのない、氷という魔法を扱うに至った。

「そうか……ならなんで魔王軍に？」

「それを貴方に言う必要があるの？」

「……いや、ない。けど、知りたいんだ」

「知りたい……？」

変な奴だと思った。敵である此方のことを知りたいだなんて。

同時にバカな奴とも思った。だから八つ当たりも兼ねて、叫んだ。

「良いわ。なら教えてあげる。此方はねぇ……全てを壊したかったのよ！　人の営みも、自然も、世界も、全てねぇ！　だから此方はその手を取った。それが全てよ！」

捨てられたあの日。此方は理解した。

この世は不条理だと。世界は不公平だと。誰もが語る優しい世界だなんて存在しない。だったら此方も奪う側に立ってやろうと思った。この世では強さこそが正しい。強くなければ、何も得られない。

そう、だからこそ。

親子の情も。仲間の絆も。人々の平穏も。

何もかも、いらない！　知らない！　必要なんてない！

だから奪う！　だから否定する！　だから拒絶する！

そんなものが存在するだなんて、認めない！　認めたくない！

だって、それを認めたら此方は――

「軽蔑した？　侮蔑した？　怒った？　義憤にでも駆られたかしら？　なら、その剣で此方を殺しなさい。どうせ、貴方も同じよ。誰も此方のことをわからないんだから」

「いいや。俺は君を賞賛するよ。素直にすごいと思った。理由も、過程もどうあれ、あれだけの魔法を扱えるまでに努力した君を」

「――え？」

男の口から語られた言葉に、此方はポカンと口を開いた。

同時にあいつの側にいた、此方とは違う親に愛されたであろうエルフが叫ぶ。

「アヤメさん⁉　相手は魔王軍ですよ⁉」

「そうだ。だけど努力だけは人も魔族も関係なく、賞賛に値する。何故ならそれはその人の人生の証だからだ。俺は努力した人を馬鹿にすることは出来ない。それがたとえ、誰であろうと」

それは自分が最も欲しかった言葉。

掛け値ない、自らを認めてくれる言葉。

だが自分には喜びよりも困惑が先に来た。

「何よそれ……今更認めた認めないなんて、関係ないわ。此方と貴方は敵同士。どの道、殺しあうしかない間柄よ」

「ああ、そうだ。君は魔王軍八戦将『氷霧』のスウェイ・カ・センコだ」

「ええ。だからこそ、たとえ認めようとも此方と貴方は分かり合えないわ」

「そうだ。敵同士であるからだ。だからこそ、スウェイ。魔王軍から抜け出す気はないか？」

「は？」

「アヤメさん⁉」

信じられないという調子で叫ぶエルフの声に、目の前の男は振り返ることなくじっと此方を見つめる。

「俺は君を助けたいんだ」

「助けっ……⁉」

かっと頭に血がのぼる。

何をっ、と言いたかった。馬鹿じゃないのっ、と叫びたかった。

「言ったでしょう！　此方は魔王軍が八戦将『氷霧』よ！　人も沢山殺したわ！　助ける理由なんてないわ！　頭おかしいんじゃないの⁉」

「いいや。俺は『救世主』だから、助けを求める人を見捨てられないんだ」

「はっ、此方は助けなど求めていないわ」

「いいや。確かに聞こえたさ」

男はじっとこちらを見てくる。その目には敵意なんて欠片もない。こんな目、此方は知らない。見たことない。

なんなの。

一体何なの⁉

何でそんな目で此方を見るの⁉

今まで向けられた軽蔑とも憎しみとも違う瞳。わかんないわかんないわかんない！

「それにね、君は人を殺したと言っているが俺だってそうさ。俺は人々を騙し、希望を奪った。助けられるはずの人の命を、この手で救えなかった」

グッと目の前の男は自らの心臓がある辺りを押さえた。

その表情は苦しげで、痛そうで、それでいて哀しげだった。

「気にするなとは言えない。命を奪うのは等しく悪だから。その十字架は一生背負う必要がある。けれども、それでも。君は本当の意味で魔王軍側に染まっていない。ギリギリで踏み止まっていた。確かに君は、街は落とそうとした。だけど、誰も殺す気はなかったんだろ？」

ドクンと心臓が跳ねた。

なんで、と言葉が喉まで出かかった。そんな素振り、見せてないはずなのに。

「初めに使った君の魔法。俺は綺麗だと思った。なぜそう思ったのか、最初はわからなかったけども、今はわかる。街の一角を全て凍らせるほどの力でありながら、誰一人として氷になった人はいなかった。建物は全て凍っていたのに」

「それ、は。そう、逃げ惑い絶望する人間を見たかっただけで」

「その後もそうだ。君は連れてきた魔族に兵士の邪魔をするように命じたけど、市民には誰一人手を出させようとはせず、子どもを食べようとした魔族を凍らせた。あれはもしかしなくても助けたんだよね？」

「違う、勝手な行動をした魔族を処罰しただけよ！」

「氷の巨人の時も、壊したのは建物だけ。人的被害はどこにも出ていない。バリスタを破壊出来るほどの射程と威力のある魔法を有しながら、都市の出入り口を氷で塞ぐこともしなかった。ちぐはぐなんだよ、君は。全てが憎いと言いながら何度もチャンスを与えたり、どこか期待している節も見られた。建物は壊すのに、人は狙わなかった。精々が力を見せつけて、勝てないと分からせた上で逃がした。そう、君は嫉ましかったんじゃない。君は――」

「やめて！　口を開くな、それ以上……それ以上何も言うなっ……！」

いやいやと首を振り、拒絶するも男は止めなかった。

「羨ましかったんだろう？」

ピシリと氷にヒビが入る。

「幸せに暮らす人々が、自分では手に入らなかった光景が羨ましかった」

「……違う」

「誰からも認められず、孤立している中、温かなそんな世界にいる人々が羨ましかった」

「……ちがう！　ちがっ、ちがう!!」

「人々を、わざと親子連れを狙ったのは、親子愛など存在しないと確かめ、それで自分を慰めるため」

「うるさい！　うるさいうるさいうるさい！　此方はちがう！　此方は一人でも生きていける!!　その為の力だってある!!　何も知らないくせに知ったような口を利くなぁ！」

嫌々と首を振って魔法を放とうとする手を、男は掴む。発動しかけた魔法により、彼の手が凍りかけているのに、離さない。

揺れる此方の瞳とは違う、じっとこちらを見据える強い意志を携える瞳。

「何も知らない。そう、だからこそ俺は君を知らなきゃいけない」

「なに、を……」

「冷たい氷だ。まるで全てを拒絶するように。だけど俺にはわかった。その奥にある本当の想いを」

「だめよ……だめ。やめて……言わ、ないで……」

それを口にされたら自分はもう保てなくなる。

■■・■がスウェイでいられなくなる。

「君はただ――愛されたかったんだろ？」

パキンと氷が割れた。

「ふっ……ぐ、あ、あぁぁぁ」

もうだめだった。一度溶け出した氷はもう元には戻らない。

此方はグズグズと力なくへたり込み、溢れ出る涙を手で受け止めることなく、何度も地面を力なく叩きつける。

「すてないでっ、ほしかった」

「そうか」

「いっしょにいてくれるだけでよかったのに。とうさまも、かあさまも、あねさまもみんなみんないいなくなっちゃった。――キキョウを置いて、いなくなった」

「……うん」

「こなたが、ふつうのエルフにうまれたらすてないでくれた？　おいてかないでくれた？　わかんない、わかんないよぉ。なんで、かってにいなくなったの？　なんで、わかんないよぉ。どうして、どうしてぇ……。だれもいなくて、だれもこたえてくれない。みんな、言ってた。こなたはできそこないだって。だからつよくないといけないとおもってどりょくしたのに。つよくなってもだれもいなくて。こなたよりよわいのにしあわせそうなひとがいて、つらくて、うらやましくて、すべてこおっちゃえばいいっておもって……」

どうして自分には当たり前の愛情がないのか。そのことがずっと此方の心を蝕んでいた。

だからこそ、普通の家庭の幸せを持っている人が羨ましくて、妬ましくて仕方なかった。

自分がその普通の幸せを持てないから。愛情を知らないから。

惨めなのがわかってしまうからこそ、妬ましくて……どうしようもなく悲しかった。

だから八つ当たりした。

その幸せを壊してやろうと思った。

だけどもその度にそれ以上に虚しくて悲しくなった。あの街で親子の再会を見た時にそれはもっと強くなった。当たり前の親子の愛情が羨ましくてしかたなかった。

本当はわかっていた。

こんなことしても何の意味もない。自分の孤独が癒えることもないって。

わかっていて、そうするしかなかった。そうじゃないと、もう自分を保てなかった。

魔王軍の目的なんてどうでも良い。

八つ当たりなだけで、人を傷つけるのも別に好きじゃない。だけど、そうじゃないと誰も此方を見てくれない。

仮初めの居場所として入った場所だけれど、それでもまた孤独に戻るのは嫌だった。一人は嫌だった。

だけど結局強くなろうと、魔王軍にいようと何も変わらなかった。

向こうもまた此方の力を利用するだけで、此方を見てくれなかった。

「いやだよぉ……もうひとりはいやだよぉ……」

「そうだね。だとしてもだ。君がしたことは許されることではない。君は、人の命は奪わなかったが、それでも多くの人が故郷を失い、大切な思い出を失った。そのことからは目を背けてはいけない」

「ううぅ」

「だから、君の贖罪に俺も付き合おう」

真っ直ぐな言葉だった。思わず顔を上げると、優しい瞳でこちらを見ていた。

「過去の罪は消えない。だから、君が傷つけた人々を超える人々を救おう。一人は寂しくて苦しくて辛い。誰にも理解してもらえない痛みはよくわかる。だけど、これからは俺が居る。多くの人を助けて、その過程で楽しい思い出をたくさん作ろう。美味しいものもいっぱい食べよう」

「ひっく……、救う？　そんなの本当に此方でも出来る……？」

「出来るさ、俺もたった一人の信じてくれる女の子の言葉で救われた。だから俺が君を信じよう。――もう君はひとりぼっちじゃないよ」

「ふ、ふあぁぁぁぁ。うわぁぁぁぁぁぁぁぁん」

この日、初めて氷の魔女と言われた此方の心の氷が解けた。

◇

俺は泣き疲れて俺の膝で眠ってしまったスウェイの頭を優しく撫でる。

その横で、アイリスちゃんは屈んで俺の方を見ていた。

「アヤメさん、どうしてスウェイに手を伸ばしたのですか？　それに、何やら彼女の過去についても知ってそうな感じですけど……」

「あぁ。スウェイの放った【幻夢氷霧波】、俺はその中で様々な記憶を見た。確かに俺の記憶もあったけど、同時に少しだけ俺の知らない記憶も紛れてきたんだ。スウェイは、あの魔法を放ったときに過去と言っていた。つまり、俺の記憶じゃないあれはスウェイ自身の過去というわけだ。多分、無意識に自らの記憶も交じっちゃったんだろうね」

別に俺は彼女の全ての記憶が見えた訳ではない。

だがそれでも哀しい、寂しいという感情は痛い程伝わった。

涙を流したまま眠る様子はあどけない。普通の女性だ。

きっと今まで一度もあの想いを口にしたことはないのだろう。

強い人だ。けれども悲しい人だ。

「世間から見て魔王軍は悪です。それを助けようだなんて勇者のすることではないのです」

「確かに勇者ではないだろうね。でも、今の俺は『救世主』だから」

助けを求める声が聞こえた。

幼い子どもの声が。そんな声が聞こえたら、俺は助けられずにはいられなかった。

「助けを求める人がいた。なら『救世主』が助ける理由なんてそれだけで良いじゃないか。……とは言え、彼女は人類の敵である魔王軍の幹部だ。今ならば容易く殺せる。人類にとってもその方が良いのだろう」

チャキッと剣を持つ。

今無防備なスウェイの首を斬ることは簡単だ。その方が正しいのも理解している。

「だけど……俺には出来ない。スウェイの過去を、あんな寂しげで悲しい慟哭を聞いてしまったから。わかっているさ。俺の方が間違っているって。それでも俺は、彼女を助けたくなった。辛い過去に、心を閉ざした彼女を救いたいと思ってしまった。こんな甘いことを言っている俺に幻滅したかい？」

「……いいえ、アヤメさんらしいと思うのです」

アイリスちゃんはいつものように笑いながら俺の側にいた。

「わたしは、精霊達を彼女が扱えなかったのは、その身に宿していた精霊を殺せる氷の気配に気付いていたからだと思います。だから、精霊達は彼女から逃げた。そのことを責められません。だって精霊達も生きているから。でも、結果としてこの人は一人になった」

アイリスちゃんは、同情を宿した瞳で、スウェイを見る。

「でも、これからは大丈夫だと思います。だって――アヤメさんがいますから」

純粋に俺を信じてくれること。

それがどれだけ嬉しくて、俺の支えになっているのかこの娘は分かっているだろうか。

「あれ？」

急にふらりと体勢を崩す。

ぽすんと、アイリスちゃんの胸に頭が当たった。

「アヤメさん⁉」

「ははは。ずっと休む暇がなくて……さすがにげんか……い……」

朝から続く激闘に、寒さのせいか俺の体力はとっくに尽きていた。

瞼が重くなる。眠くなる。それに抗うことは出来なかった。

「お疲れ様です、わ、た、し、の、勇、者、様」

眠る前にアイリスちゃんの労う声が聞こえた。

花火が上がる。夜空を、色とりどりの華が彩る。

人々がその下で、祭りを謳歌する。楽しげな声が聞こえてくる。

その遠く離れた場所。

花火の照らされない暗い森の中。

誰にも語られることはないが、本当の意味で戦いは終わった。

幕間二 『迅雷』の脅威

太陽国ソレイユから北東に行った所に、武国ソドォムと呼ばれる国がある。武国ソドォムは数多くの魔石を発掘出来る鉱山を有しており、鉱山から発掘された鉱物は、優れた『鍛冶屋』達により高品質な武器へと加工され、太陽国ソレイユにとっても貴重な物資の供給源となっていた。

そして、そんな国を魔王軍が放っておく訳がなかった。王の要請を受け、そこへと向かったユウ達。そこで武国ソドォム中心地、武都を占拠していた『荊棘』と呼ばれる上位魔族を筆頭とする魔王軍を撃破。武都を解放した。

だからこそ、僅かに油断した。空から雷を伴って現れた、純白の体毛を持つ八戦将。『迅雷』のトルディォン・ロイド。

『炎獄』と並び悪名高い、雷を操りし強大な幹部は別の街にいたにもかかわらず、遠い所から聖剣の力を感じ、『迅雷』の名に恥じぬ凄まじいスピードでこの王都へと現れた。

そしてその雷の力でもってしてユウ達を戦闘不能に追い込んだ。

「オレはよぉ、期待していたんだぜ？　『真の勇者』ってのが、どんな奴かってのになぁ？」

「はぁ、はぁ、はぁ」

大きく雷によって破壊された武都。そこに倒れ伏すのはユウ達であった。

ファウパーンとキュアノスだけがこの場にいないが、彼らもトルディォンの生み出した【雷鳥】に追われ、戦線離脱を余儀なくされていた。

「おいおいこんなものかよ、天下の勇者パーティ様よぉ⁉　もっともっとオレを楽しませろよッ！　【畝り迸る蛇雷鞭】」

「あ、ぐ。皆ッ、下がるんだ！」

痺れる身体に鞭を打ち、ユウは仲間へと警告する。

トルディォンが生み出した雷は、のたうち回る蛇のように迸り、周囲の建物や木を焦がし燃やす。更には、雷の蛇は消えることなく被害を広げ続けた。

「まずい、あの方向は！」

雷の蛇が向かう方向。彼方には『荊棘』を倒すことで解放出来た避難民の人々がいた。

際限なくあれが暴れれば、甚大な被害が広がってしまう。

「けほっげほっ。う、ぐ。【慈悲深き女神様、全てを災いからその慈愛をもってして、不浄なる輩を封じたまえ、聖障結界】」

ボロボロの身体に鞭を打ち、錫杖を握り締め、再び唱えるクリスティナ。

【結界】の更に上の奇跡である【聖障結界】。それでもトルデォンの雷を止めることが出来ず結界にヒビが入る。

だからクリスティナはそれを三重、つまりは三回唱えた。当然それだけ力を消費する。

結界で閉じ込めた時にはクリスティナは立つのもやっとのほどまで消耗していた。

「はぁ……はぁ……！」

「はん。【畝り迸る蛇雷鞭】を封じ込めるか。流石は『神官』、『聖女』といい何かを封じたりするのには長けているな。だがもはや他の奇跡を起こすだけの力は無いみたいだな」

トルデォンは周囲を見渡し、誰も立っていないことを見ると溜息を吐いた。

「んだよ、『真の勇者』だなんて大層な名の割にこんなもんかよ。やれやれ思い出すぜ。あの時もそうやってあの勇者共は地面に這いつくばっていたな」

トルデォンの言葉に、とりわけユウとメイが反応した。

「勇者……？」

「それって……」

「ん？　あぁ、確か『偽りの勇者』だっけか？　はっはっはっ！　あの時は傑作だった。奴らオレ達に手も足も出ずに敗北したからな！」

「フォイルくんが……負けた」

「そうさ、奴は無様に負けた！　ベシュトレーベンの野郎に鎧袖一触であしらわれてよぉ！　剣士の野郎も随分と自信があったようだがオレに簡単に腕を斬られて絶望し、魔法使いもスウェイの奴にいとも容易く負けて喚いていやがった。初めはなんでこんな弱っちぃ奴らが勇者なんて名乗っていたのか不思議だったが今なら納得だ！　結局の所奴は偽物に過ぎなかったんだからな！」

トルディォンが嗤う。何処までも悪意に満ちた哄笑が響く。

ユウはその中でトルディォンの言葉を反芻していた。

偽物。ニセモノ。そんな訳はない。彼はいつだって——

『大丈夫か？　ユウ』

いつも見ていた背中が見え、声が聞こえた。

「だ……まれ……」

「……はん？」

「お前にフォイルくんの何が分かるんだ……お前にっ!!　何がっ!!」

「良いねぇ、良い怒りだ。だがテメェの速さではオレについてくることは——」

「【加速】」

聖剣を扱う勇者のスキルの一つ【加速（アクセル）】。

自身の身体能力の段階をあげる勇者の奥義（おうぎ）。フォイルと戦った時はもはや使えなかったその技能（スキル）をトルデォンは初めて見た。

ユウが消える。その速度は音すら置き去りにした。

ユウが首を寸断する勢いで聖剣を振（ふ）るうも、トルデォンも歴戦の戦士。何か来ると直感し、それを躱（かわ）す。だが完全には躱しきれず肩（かた）を大きく斬られた。

直ぐにその場から退避（たいひ）したトルデォンは斬られた肩を眺（なが）める。聖剣で斬られた所は簡単には再生しない。白銀の身体から青い血がダクダクと流れていた。

ユウの身体は淡（あわ）く白く光り、聖剣もそれ以上に輝（かがや）いていた。

「くっ！　外した……！」

「……へぇ、まさかオレに傷をつけるとはな。それにこのオレに匹敵（ひってき）する速度。間違（まちが）いない、テメェは……貴様は脅威になる。だから此処（ここ）で確実に殺す」

雰囲気（ふんいき）が変わり、トルデォンは明確な殺意を持って殺しにかかる。

トルデォンの殺意に共鳴するように空気中に静電気が発生する。バチバチと右手に電気を溜（た）めながらユウに近付くトルデォンの背後で、のそりと大きな影（かげ）が動いた。

「まだ……俺も終わってねぇぞ！」

「死に損ないが！　今度は嬲ろうとは考えねぇ、焼き焦げて死にやがれ！　【雷撃剣】」

背後から切りかかったにもかかわらずトルディォンは容易くオーウェンの大剣を躱す。

そのままオーウェンは【雷撃剣】を受けて感電……することなく、トルディォンの剣が振るわれるより先にそのままトルディォンの頬を殴る。

「ふん！　【殴打】」

「がっ、テメェ！」

「悪いが俺は『戦士』であって『剣士』ではないからな！　だから殴ったり蹴ったりもするぜ！　どうした、まさかお上品に剣だけで対抗すると思ったのかぁ!?」

「図に乗るな！　【雷電】……ちっ」

「【聖空斬】!!」

横からのユウの聖剣にトルディォンも攻撃をやめ、躱す。

流石に聖剣の一撃はトルディォンも警戒しているのか、受け止めることはしなかった。

「オーウェン！　大丈夫か!?　でも、あまり無茶をしないでくれ。心配なんだよ！」

「はっはっはっ！　若造が。一丁前に俺を心配する暇があったらもっと自分のことを考えろ！　それになぁ、前衛が無茶せずに後衛が守れるか！　旦那ッ！　良いか、奴に反撃の隙を与えるな！　奴の攻撃には溜めがある。それを潰すぞ！」

「あぁ⁉　テメェらがオレに勝つつもりか⁉　調子に乗るなよ、クソどもが‼」

トルデォンの速さにユウがついていき、止まった所にオーウェンが強力な一撃を叩き込もうとする。聖剣の力も、オーウェンの一撃もまともに食らえばどちらも厄介だ。

必然的にトルデォンは後手に回る。しかしそれでも決定打を与えるには至らない。何かあれば容易く逆転する程度の薄皮程の有利だ。

激突する三人。その間に、痺れが抜けてきたメイが倒れ込むクリスティナに近づく。

「クリスちゃん……大丈夫？」

「は、はい……こほっこほっ」

立ち上がろうとするも倒れそうになるクリスティナをメイは慌てて支える。

クリスティナはもう限界だ。だからこそクリスティナと違い魔力には余裕があるメイは二人を援護しようとするのだが、

「動きが速すぎて援護の隙が……！」

目まぐるしく変わる動きにメイは魔法を放てないでいた。下手に放つと巻き込み、向こうにチャンスを与えかねない。

そのことに歯噛みしている中、クリスティナは冷静に戦う様を分析していた。

（何故トルデォンは、最初にわたし達を倒した時みたいに放電しないのでしょうか？）

クリスティナは思考する。身体全体から迸る雷を使えば今の状況を簡単に打破出来る。少なくともオーウェンは倒せる。なのに、トルディォンは使わない。

何か別の理由があるように感じた。その時、あることに気付いた。豪快に雷を扱うトルディォンが意図的に電気を扱うのを避けている箇所があることを。

「もしかして……」

「どうしたの、クリスちゃん？」

「ユウさんの作った傷。あれのせいでトルディォンは身体全体から雷を放てなくなったのかもしれません。トルディォンは確かに強力な雷を使いますが、もしかして自分にもリスクがある能力である可能性があります」

メイもその指摘を受けて確かにと思う。トルディォンはオーウェンから【殴打（ヒット）】を受けた。つまり、直接トルディォンに触れた。にもかかわらず、オーウェンが感電した様子はない。

「トルディォンは明らかに負傷した箇所に帯電するのを避けています」

「確かに何か不都合なことがなきゃ、態々躊躇する理由がないってことね……」

メイは暫く考え込む。ふと【聖障結界】に封じ込められた【畝り迸る蛇雷鞭（ブリューナク）】を見た。

「クリスちゃん、あの結界に封じ込められた雷ってそのままなのよね？」

「あ、はい。でもごめんなさい。本来なら封じ込められた魔法は時間をかけるにつれ弱まるのですけど、トルディォンの力が強すぎて今のわたしじゃ消すことは……」

「違うの。あの結界って解放することは出来る？」

「え？　確かに出来ますけど」

「なら……」

メイの語った内容にクリスティナは驚いたが「可能性はあります」と同意してくれた。

メイはそれを聞いて、実行に移すことを決めた。

クリスティナの同意を得たメイは魔法杖を構えた。

「【天から降り注ぐ恵み、それを一点に集約させ全ての流れ、濁流、貫流、奔流、還流をもってして全てを流せ】」

一言一句魔力を込めて唱えながらメイは心の中でトルディォンの言葉に憤っていた。

フィーくんは死んだ。

ユウくんに聖剣を渡して、崖から落ちた。遺体すら残らなかった。

私は知らなかった。彼が背負ってきた使命を。

それ以上にフィーくんが辛い思いをしていたことも、フィーくんがユウくんと私をどれだけ想ってくれていたのかも。

全部知らなかった。なんで言ってくれなかったのかという悲しみがある。

気付けなかった自分に後悔がある。何よりも彼を嘘つきと言った自分に怒りを感じる。後悔したことだって数えきれない。泣いたのだって数えきれない。

彼は私にとってかけがえのない幼馴染だった。

謝ることももう出来ないし、もう一度フィーくんと話すことも出来ない。あの声を、もう聞くことが出来ない。そのフィーくんをトルディォンは馬鹿にした。偽物だと。愚かだと。

だからこそ、許せない。

彼の覚悟を馬鹿にしたアイツを。彼を偽物といったアイツを！　絶対に!!

私は許さない！！！

メイは詠唱し、体内の人為的魔力を消費して魔法の行使の一歩手前までにして止める。そして別にもう一つ詠唱しておき、注意を促す。

「ユウくん！　オーウェンさん！　下がって！」

二人は少し驚いたような顔をするが、メイの表情に何かあると感じ、その場から離れる。

(相手は八戦将。生半可な魔法じゃ通じないし、避けられちゃう。だったら……！)

相手は雷の速度で動き回る八戦将。単なる技では当たらない。ならば、足を止めさせる！

「貴方なんかに受け止められるかな!?　【水激竜の白滝】」

トルディォンの頭上に巨大な水の塊が出現する。

メイが放てる最上級の水魔法。滝のような質量の竜の形をした水が空より降り、トルデオンに襲いかかる。

「オレなんかにだとォ!? オレを誰だと思っていやがる！ 舐めるなぁ！ 【大雷電砲】」

大きな雷球が上空に放たれた。

余りの威力にいとも容易く水は弾け、バチャバチャと周囲に撒き散らされた。

「はっ、随分と自信があったようだがやはり水鉄砲。所詮……」

トルデォンは始末しようと動く時に違和感に気付いた。僅かばかりの足にひっつく水。

そして気付く。あれだけの水の量が自分の周りにしかないこと。更には頭上にいつのまにか移動した、『神官』に封じられた自らの雷があることを。

トルデォンは顔色を変えた。

「テメェッ、まさかっ!?」

「貴方の雷、返します！」

【二重詠唱】という『魔法使い』でも使える者があまりいない技能をメイは持っていた。

それは予め詠唱を唱え、魔法を発動寸前で止め、別の詠唱をした後同時に行使する。

メイはワザとトルデォンを挑発し、【水激竜の白滝】を迎え撃つように仕向けた。打ち消されるのも承知で、その後の周囲に撒き散らされた飛沫に紛れて詠唱しておいた【水粘液】

を発動させ、トルデォンの足を封じた。

　クリスティナが封じ込めた【畝り迸る蛇雷鞭（ブリューナク）】を、メイが撒いた水へと落とす。水を伝って、トルデォンに襲いかかる電撃（でんげき）。

「アギギギギギィイイイガァァァァ!?」

　トルデォンの口から呂律（ろれつ）の回らない言葉が噴（ふ）き出す。それは傷の血液から内部の特別な発電回路にも電気が回り、壊れる（ショート）。都市を焼いた雷の力がそのまま自分へと跳ね返る。

　とんでもない熱量に、トルデォンの白銀の身体が黒く焦げていく。血が沸騰（ふっとう）し、肉の焼ける嫌な臭（にお）いも漂（ただよ）ってくる。

「な……めやがってぇぇぇ!!　【雷迅脚（ライトニング）】」

　しかしトルデォンは八戦将。そのタフさも他の魔族を凌駕（りょうが）する。【雷迅脚（ライトニング）】を使ったトルデォンが、メイとクリスティナを殺す為に接近する。あまりの速度に二人は反応出来ない。

　あと少しというところで二人の目の前に立ち塞がる影が現れた。聖剣を構えたユウだ。

「二人には手を出させない！」

「『真の勇者』アッ！　だがだが聖剣に選ばれただけの人間如きがぁっ！」

　濁音（だくおん）にまみれた言葉で、苛立（いらだ）ち、自らに跳ね返るのも承知で【雷撃剣（プラズマ・ソード）】で襲いかかる。

　ユウは押（お）されるも聖剣で受け止める。バチバチと両者の間で火花が散る。

魔を浄化する聖の力と全てを汚染する魔の力がぶつかり合う。

常人には見えない速度で剣戟が繰り広げられる。傍目には時折弾ける火花が、二人が剣を交わしていると判断出来るくらいだ。

通常、人間であればトルディォンの速さについて行くことが出来ない。グラディウスのように、剣を躱されるのがオチだ。

だがユウには【加速】がある。これにより両者の差が縮まり、拮抗していた。

二人は大きく剣をぶつけ、そのまま互いに押し付け合う。

トルディォンは更に雷の出力を上げようとする。目は血走り紫の瞳からばちばちと静電気が走った。更なる負傷すら厭わずに、【雷撃剣】にのみ雷を集中する。

必ず、何がなんでも殺すと。

そう、苛立ちのあまりトルディォンはユウしか見ていなかった。

「やっと隙を見せたな！　【大裂斬】」

「がっ！！？」

背後からオーウェンの強力無比な大剣が振りかざされた。

それにより両脚が膝下から切断される。これにより、『迅雷』とまで称されるスピードが死んだ。トルディォンが体勢を崩す。当然それを見逃すユウじゃない。

「ぐ、ぐぞ……オレが、ごんなどごろで……！」

「終わりだ！　【聖光顕現】」

【聖光顕現】は勇者のみが扱える魔を滅する奥義。その力に呼応するかの如く聖剣は白く輝き始める。トルディオンは、目を大きく見開く。しかし、躱すことは出来ない。

周囲を覆い尽くすほどの光が満ち、そして――『迅雷』を一閃した。

「このオレが……ば……か…………な……」

それだけを言い残しトルディオンは倒れた。紫色の瞳から、色が失われる。

「やった……のか？」

「あー！　もう無理だぁ！　俺ぁ、もう動けねぇぞ」

ドサリと大の字になってオーウェンが寝っ転がる。ユウも聖剣を支えに膝をついた。警戒するがトルディオンはピクリとも動かない。

聖剣の一撃を受けて、完全に死んでいた。

そこにメイの肩を借りたクリスティナがやってくる。

「ユウさん！　やりましたね！　流石は『真の勇者』ですね！」

「いや、ギリギリの戦いだった……。みんなの助けがなければ負けていたよ」

本当にギリギリだった。

もし仮に後少しでもトルディォンが冷静で、その速さで各個撃破されたら負けたのは此方だっただろう。それほどの強さだったのだ。

「ユウ兄！」

「ファウパーン！　大丈夫だった？」

「あぁ！　あの雷の鳥に追いつかれそうになった時はオイラもう駄目かと思ったけど突然消えたんだ。だからわかったんだ、ユウ兄が倒したって！」

〈キュルキュル〉

空から戻って来たファウパーンがキラキラとした目をユウに向ける。

「ファウパーン、無事でよかったです。……けど、それはそれとして逃げる時に教会の女神様の像を盾としたこと！　『神官』として断じて！　断じて許すわけにはいきません。後で女神様に懺悔してもらうから。キューちゃん！　貴方もですよ！」

「えぇー!?　そうじゃないとオイラとキュアノス丸焦げにされたのに!?」

〈キュオォ!?〉

「あっはっはっは！　可哀想にな、ファウ坊。嬢ちゃんは頭が固いからな」

「オーウェンさん、貴方も追加します。わたし、頭固くありません。ありません！」

「ちょっ!?　やめろ、俺ぁ何も悪いことしてねぇぞ！」

仲間が談笑する中、ユウは一人黙り込む。思い返すはトルディォンの言葉。

『結局の所奴は偽物に過ぎなかったんだからな！』

「フォイルくん……」

トルディォンの語った内容にユウは一瞬怒りで我を忘れた。それこそ、勇者に似つかわしくない憎しみに駆られそうになるほどに。

自らの聖剣を握る手が震え出す。トルディォンを切った時に聖剣に付いた血。それがフォイルの姿と重なって見えた。

三人が話す中、ユウだけが心に深く影を差そうとする。

「ていっ」

「あいたっ」

「なーにぼーっとしているのかな？」

デコピンしたメイがユウの顔を覗き込むように屈みながら見ていた。

「折角勝ったのにその主役がそんな陰気臭い顔をしちゃ、皆心配しちゃうでしょ？」

「え？」

ユウは顔を上げる。

「俺達は助かったのか……？」

「勇者だ。勇者様達が助けてくれたんだ」

「なら魔王軍はもう退けられたのか？」

見れば聖剣の輝きを見た市民達が、戦闘が終わったのかと集まり出していた。誰もが倒れたトルデォンとユウを見比べている。

「話なら、後で私がいくらでも聞いてあげる。だから今は皆を安心させてあげて」

「……うん」

メイに励まされ、ユウは疲労困憊の身体に鞭を打ち民の前に立った。そして聖剣を掲げ、叫ぶ。街中に響かんと、大きな声で。

「魔王軍八戦将の一人『迅雷』はこのユウ・プロターゴニストが討ち取った‼」

「「おぉぉぉぉぉぉぉぉぉぉぉぉ！！！！」」

殆どの建物が廃墟と化した王都。負傷者は山程、死者も勿論いる。それでも、生き残った人々のいつまでも勇者を讃える声が響き渡っていた。

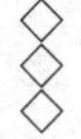

同時刻、騎国ゴラァム。

「助けてぇぇぇ！」

「熱い……熱過ぎる……」

「ゴホッゴホッ、煙がっ、何処に逃げたら良い⁉」

「向こうで爆発が起きたぞ！　あがっ」

「地面がドロドロに溶けてっ、これは、溶岩だぁ⁉」

「――豚業業業ッ！　燃えよ、もっともっと燃えよ。人達よ！　その身を炎の糧として、骨すら薪に焚べ、潔く灰燼に帰すと良い。豚業業業ッ！！！」

人々を焼き尽くす炎を身に纏いし、魔王軍八戦将『炎獄』のブラチョーラ・玄・バルカン。


彼と彼に率いられし魔王軍は圧倒的炎という暴力をもってしてその全てを焼き尽くす。

歴史ある街並みも、新しい建物も、未来ある若者も、老い先短い老人も、全て。

人々は願う。『真の勇者』が、いや誰でもいいから『救世主』が現れてほしいと。だがそこに両者が現れることはない。彼らの願いは悲鳴となり、悲鳴は炎の中に消えていく。

この日、騎国ゴラァムは陥落した。周囲の国が救助に来た時には王都に残ったのは炭と化した人らしきものと焼け焦げた廃墟だけ。他の街でも同様であり、更には細かな村々に至っても全ての人間が姿を消した。騎国ゴラァムは事実上亡国となる。

生存者……なし。

この日、『偽りの勇者』である俺は『真の勇者』である彼をパーティから追放した２

2023年9月1日　初版発行

著者――シノノメ公爵

発行者―松下大介
発行所―株式会社ホビージャパン

〒151-0053
東京都渋谷区代々木2－15－8
電話　03(5304)7604（編集）
　　　03(5304)9112（営業）

印刷所――大日本印刷株式会社

装丁――BELL'S GRAPHICS／株式会社エストール

Printed in Japan

ISBN978-4-7986-3262-9　C0193

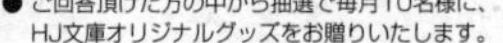